偏愛獅子と、蜜檻のオメガⅡ

～獣人御曹司は運命の番に執心する～

伽野せり　著

Illustration
北沢きょう

エクレア文庫

CONTENTS

登場人物紹介

御木本獅旺
（みきもと・しおう）

【獅子族のアルファ】
エリート一族の御曹司
大学生

大谷夕侑
（おおたに・ゆう）

【ヒト族のオメガ】
オメガ養護施設育ち
通信大学生

市川虎ノ介
（いちかわ・とらのすけ）

【虎族のアルファ】
夕侑のアルバイト先の先輩
フリーター

偏愛獅子と、蜜檻のオメガⅡ

～獣人御曹司は運命の番に執心する～

第一章

桜の季節が終わり、若葉が芽吹き始める四月下旬に、大谷夕侑《おおたにゆう》は今まで住んでいた長野の屋敷から、都内の新居に引っ越した。

番となった獅子族アルファの獣人、御木本獅旺《みきもとしおう》と同居するためである。

『一緒に暮らそう』

そう言われたのは、夕侑が学園を卒業した直後の三月末。それから一か月、新居の準備が整った獅旺は、夕侑を迎えにきたのだった。

「新しい家は、どんなところなんですか」

獅旺の車で高速道路を移動中、ワクワクしながら隣の運転席にたずねる。獅旺はそれにニヤリと笑った。

「着くまでのお楽しみだ」

少しあけた窓から吹きこむ爽やかな風が、獅旺の栗色の髪をはためかせる。夕侑よりふたつ年上の彼は、現在都内の大学に通う学生だった。背が高く精悍な顔立ちで、有名企業をいくつも抱える御木本グループの御曹司でもある。

対して夕侑は、施設育ちの、黒髪に平凡な顔立ちのヒト族オメガだ。両親もいなくて、ずっと質素な暮らしをしてきている。この四月に通信制の大学に進み、在宅で勉強をしていた。

ふたりは母校である王森学園で出会い、運命によって惹かれあい、互いの立場の違いを越えて番の絆を結んだのだった。

「お前がどこでもいいと言ったから、俺のほうで勝手に選んだぞ」

「はい。構いません」

まだ世間のことをよく知らない夕侑は、新居に関しては獅旺に全て任せていた。

やがて車は高速道路を出て、都心へと入っていく。次第に高いビルや人通りが増えていき、それを眺めながら、本当に新たな生活が始まるのだなあとしみじみ実感した。

新居はどんなところなんだろう。夕侑の想像では2Kぐらいのマンションか、もしくは小さい一軒家だ。庭かベランダがあれば野菜が作れて最高だな、などと考える。

そうして連れてこられたのは、予想を遙かに超えた、閑静な住宅街にそびえる高層マンションの一室だった。

「…………」

呆気に取られて部屋を見渡す夕侑に、獅旺はどうだとばかりに胸を張る。

彼が用意したのは、最上階の2LDKだった。十五畳はありそうな明るく広いリビングに、八畳の寝室と六畳の書斎。全ての部屋には新品の家具がおかれていて、どこもかしこもピカピカだった。まるでお洒落なインテリア雑誌のフォトグラフのようだ。

「……こんな」

豪華すぎて言葉を失う。

「こんなすごい部屋だとは思っていませんでした」

「せっかくふたりで暮らすんだ。スタートは気持ちのいい場所にしようと思って、ここを選んだ」

リビングは南一面大きな窓になっていて、都心の景色が一望できる。

「………どうしよう、僕」

それを見ていたら手が震えてきた。

「うん？」

困惑の表情になると、獅旺もどうしたのかと訝しむ。

「僕、アルバイトをして、家賃を半分、払うつもりでいたんです。けど、こんなすごい家じゃ、全然払えないです。どうしよう……」

戸惑う夕侑に、獅旺が目を丸くした。

「俺はお前に家賃を払わせるつもりなんかないぞ」

「で、でもそれは、申し訳ないし。ふたりで暮らしていくのなら、折半があたり前かなと考えていたから」

夕侑の預金通帳には、雀の涙ほどの貯金しかない。すぐにアルバイトを始めたとしても、とても追いつかないだろう。

「いや、俺が一緒に住もうと誘ったんだから、家賃も生活費も全て、こっちが負担するつもりでいる。お前は何も心配しなくていい」

「けれど色々お金はかかるし、そんな訳には……あ、じゃあ、僕、家のことをやります。掃除や洗濯は得意ですから。料理も少しなら作れます。それで――」

「夕侑、あのな」

獅旺が話を途中でさえぎって、夕侑の肩に手をおいた。そしてため息をひとつつく。

「……そうだった。お前が金銭に関しては非常に几帳面なのを忘れていた」

独り言のように呟くと、こちらを見据えて言った。

「掃除も料理も、ひとりでしなくていい。というか、そういうことは俺も一緒にする。家賃については、……そうだな」

少し考えこむと、いいことを思いついたという顔になる。

「出世払いでどうだ？　お前が将来仕事についたら、払えるぶんだけ払ってくればいい。それまでは貸しにしておく」

「……え」

驚く夕侑に、獅旺は真面目な顔になって言った。

「その代わり、きちんと返すまで、俺のもとから離れることは許さない」

命令調な言い方だったけれど、それが彼の優しさだということはすぐにわかった。

獅旺は見た目に威圧感があり、話し方もぶっきら棒なところがある。けれど内面は温かくて頼りがいのある性格だということを、夕侑はもうよく知っていた。

しかし出世払いと言っても、自分はまだ通信制の大学に入学したばかりだし、この先どんな仕事に就くのかだってわからない。家賃と生活費は一生かかっても返せないかもしれないのに、ずっとそばにいて返済を続けろだなんて、それはまるで……、一風変わったプロポーズのようではないか。

「……そ、そうですか」

考えると頬がボッと赤くなる。

「か、返しきれるかどうかわかりませんが、頑張ります」

「うん。支払いは金じゃなくてもいいからな」

含みのある笑みに、夕侑は首を傾げた。お金以外ということは、物か。だが自分は高価なものなど何も持っていない。ではやはり、家事労働で足りないぶんを補っていかねばならないだろう。

そこまで親切にしてくれる相手に、夕侑はこれ以上意固地になるのは申し訳なく感じた。どちらにしても今の自分に支払い能力はないのだし、出ていくにしても行き先などない。ここは素直に好意を受け入れるべきだと考え、頭をさげて返事をした。

「わかりました。えと、それでは、今日からお世話になります。色々と頑張りますので、どうぞよろしくお願いします」

丁寧に礼を言うと、獅旺は少し笑いをこらえた様子で、けれど安心したのか「うん」と鷹揚にうなずいた。

「お前の荷物は、昨日届いたから、寝室に運んでおいたからな」

「はい。ありがとうございます」

家賃の話を切りあげた獅旺が、寝室に夕侑を連れていく。廊下の先にある扉をひらくと、そこには大きなダブルベッドがおいてあった。見るからに高級そうなベッドの横に、ダンボール箱が三個積んである。

「荷物はこれだけか」

「ええ、そうです。元々、持ち物は少なかったので」

夕侑は箱のガムテープを外し、上蓋をひらいた。中には服と本、そしていくつかの雑貨が入っているだけだ。

生まれてすぐ親に捨てられた夕侑は、十五歳になるまで施設で暮らし、その後は王森学園の寮に入っていた。だから私物は最小限だ。

「服はこのクローゼットに入れて、勉強道具は、隣の書斎に机がふたつあるから、そのひとつを使え」

「はい。わかりました」

壁一面に取りつけられた大きなクローゼットをあけると、下部に木製の収納タンスがあり、上部には獅旺の服が何枚もかけてあった。どれも質のよいものばかりだと一目でわかる。

夕侑は着ていたコートを脱いで、すみのハンガーにかけた。施設時代にバザーで購入した古着は、色褪せて袖口がすり切れている。コートの下に着ている茶色のトレーナーもお下がりの品だ。丈夫で温かい生地はお気に入りだったけれど、毛玉のできたその服を夕侑は少し恥ずかしく感じた。

「手伝うか?」

後ろから声をかけられて、慌てて首を振る。

「あ、いえ。大丈夫です。そんなに物はないから。すぐに終わります」

「そうか。じゃあ、片づけが終わったら、買い物に出かけよう。夕食を一緒に作るぞ」

「はい。わかりました」

何も気づいていない様子の獅旺に、夕侑はつとめて明るく返事をした。

＊　＊　＊

荷物を片づけた後、ふたりで一緒にマンションを出た。新居の周囲を知るために、ぶらぶらと見物しながら通りを歩いていく。

「駅までは徒歩十分。途中には商店街もあるし、駅前にはショッピングセンターがあるから、たいていのものは揃えられる」

「便利ですね」

大通りの歩道を散策していると、夕侑の横を小さな子供が走り抜けていった。その身体からは猫耳と尻尾が飛び出ている。イエネコ族の子らしいが、まだ獣性をうまくコントロールできないのだろう、やがて服を着たまま獣化してしまう。それを母親が慌てて追いかけていった。

可愛い姿が微笑ましくて、思わず笑ってしまう。

この世界には多くのネコ目獣人が住んでいる。獅子、狼、ヒョウなど、住人の九割が何らかの獣要素を遺伝子に持っている。その中で夕侑のようなヒト族は数も少なく珍しい。

さらに夕侑は、人間を三種に分けるバース性の中でオメガという性に属していた。オメガは男女とも子をもうけることのできる性で、とても希少な存在だ。つまりヒト族オメガである夕侑は、二重の意味で珍しいのだった。

バース性には、他にアルファとベータという性がある。アルファは種としてとても強く、体力知力が抜きん出ていて数も少ない。夕侑の番となった獅旺はこのアルファだ。残りの大多数はベータとして分類されていて、人類は皆、男女の他にこのような性で区別されているのだった。

通りはやがて商店街に入り、そこを抜けると駅前広場が見えてくる。あたりにはビルや商店が建ち並び、人通りも多く賑やかだ。

「ケーキ屋も何軒かある。買い物帰りに立ちよろう。今日は同居記念日だからな。大きなケーキを買っていくぞ」

「はい」

甘い物が好きな夕侑のために、獅旺が言う。

「それから食費の心配はするな。どうせヒト族のお前は小鳥ほどしか食べないんだ。しかもお前に食わせた後は、俺がお前を食うんだから、結局俺が全部食うことになる。だからいらん」

夕侑が何か言う前に、釘を刺すように謎理論を展開されて目をみはる。何だかとても恥ずかしいことを言われた気がするが、人前だからむやみに問い返せない。だから頬を赤くして、ただ素直にうなずいた。

駅前のショッピングセンターに入り、生活用品を少しと夕食用の食材を購入する。それからケーキ屋によって小型のホールケーキをひとつ包んでもらった。

獅旺が荷物を持ち、夕侑は大切にケーキを手にさげて帰宅する。そして初めての夕食を一緒に作った。

ふたりとも料理にはあまり慣れていないので、初日のメニューはカレーとサラダにした。

「簡単だから失敗はしないだろう」

と獅旺は言ったけれど、ＩＨコンロの使い方がよくわからなかったので、結局鍋をちょっと焦がしてしまった。

あたふたしながら一緒に料理を作り、新品のダイニングテーブルに香ばしすぎるカレーと、切り口が乱雑なサラダを並べ、いただきますと手をあわせる。

「あ、美味しい」

「ちゃんと食えるぞ。初めてにしては上出来だな」

「本当ですね」

お互い笑いながら、カレーを口に運んだ。所々焦げたカレーを獅旺は二回おかわりし、鍋をきれいに空にしてしまった。獣人の食欲は旺盛で夕侑はいつも驚かされる。

その後は片づけをして、紅茶を淹れてケーキを食べた。ベリー系のフルーツがたくさんのった甘酸っぱいケーキは初めての味で、お腹いっぱいなのにいくらでも食べられた。ため息をつきつつケーキを頬張る姿を、獅旺が苦笑まじりに眺めてくる。

「ケーキを食べるときは、本当に嬉しそうな顔をするな」

「そうですか」

「ああ。この世の幸せが凝縮された顔だ」

頬杖をついてこちらを見つめる相手も、笑みを浮かべている。

金茶色の目を細め、形のよい唇を持ちあげた表情は、精悍さに甘さが足されていて、見ているだけでドキドキした。

獅旺とつきあい始めて一か月。まだ向きあって話すことに慣れていないせいか、目があうだけで鼓動が早くなる。こんな凛々しい獅子のアルファが自分の番だなんて、今でも時々、夢なんじゃないかと思ってしまう。

生まれて初めて交際することになった相手。夕侑をオメガの孤独から助け出してくれたヒーロー。

ふたりの仲を結びつけてくれたのは、サニーマンというアニメの主人公だったけれど、今では獅旺がサニーマンを越えて夕侑のヒーローになっている。

「食べたらそろそろ風呂の準備をするか」

「そうですね」

時計を見れば午後八時をすぎていた。

「一緒に入るか？」

「えっ」

不意を突かれて、慌てて首を振る。

「む、無理です」

顔を見ているだけでも緊張するのに、一緒に風呂に入るなんて、あっという間にのぼせてしまう。

大きく否定した夕侑に、獅旺はクスリと笑って、

「わかったよ。まあ、どうせそのうち一緒に入ることになるだろうけどな」

と余裕の表情でからかってきた。

多分そうなるだろうという予感が自分にもあったから、何も言い返せない。

それでも初日の今夜は、順番に風呂をすませることにして、先に入れと命じられた夕侑はひとりで入浴した。

その後、獅旺が出てくるまでベランダで夜空を見ながら涼むことにする。寝室から外に出ると、ビル群の上に星空が広がっていた。

「……わぁ」

夜風は冷たかったけれど、湯あがりにはちょうどいい気持ちよさだ。

街はキラキラと煌めき、まるで宝石をちりばめたようだった。

「きれいだな」

自分には分不相応な景色のような気がして、少し肩をすくめる。

こんな素敵な夜景を、これから毎晩眺めることができるなんて。それも全部、獅旺のおかげだ。

彼が夕侑を喜ばせようとこの場所を選んだことは容易に想像ができる。

だからこそ、なんだか申し訳ないような気分にもなった。

彼をがっかりさせないように、立派な番にならなければ。横に並び立つほどになるのは無理としても

ても、恥ずかしくない程度のオメガにはなりたい――。

かるいプレッシャーを感じつつ熱い吐息をもらしていると、後ろでサッシの引かれる音がした。

「ここにいたのか」

風呂あがりの獅旺が、夕侑を見つけて声をかける。

「はい」

振り返って微笑んだ。

「寒くないか?」

「大丈夫です。とっても気持ちいいです」

「そうか」

獅旺も外に出てきたので、並んで夜景を見た。

「今日から、僕はここで暮らすんですね」

遠くでこの街のシンボルである電波塔が輝いている。テレビでよく見る最近できたばかりのタワーだ。

「そうだ。ここでゆっくり生活しながら、普通の暮らしに慣れていけばいい」

「はい」

普通の暮らし、という言葉に嬉しくなる。

夕侑は番を得るまで、ずっとオメガ特有の発情期に悩まされてきた。

オメガの発情《ヒート》は、アルファを性的に誘うフェロモンをまき散らすので、数か月に一度、数日間続く発情期がきたら、フェロモンを抑える抑制剤を飲んだり、シェルターに入ってすごさねばならない。

そんな不自由な生活を、夕侑は施設時代からずっと強いられていた。けれどそれも番を得れば解消される。フェロモンは番にしか作用しなくなるからだ。

夕侑は獅旺にうなじを噛んでもらうことによって、彼の番となった。だからもう、発情期にフェロモンを振りまくこともない。どこにだって普通にでかけることが可能だし、アルバイトだってできる。

そうだ。早く働いてお金を貯めなければ。そうして、まず新しい服を買おう。

「楽しみです」

自分に何ができるのか。探していくのもきっと楽しいだろう。

明るい笑みを浮かべると、それを見た獅旺も微笑んだ。夕侑の肩を抱きよせて、顔を近づけてくる。そしてそっと唇を重ねた。

夜空を背景に、何度も触れあうだけのキスをする。

「……誰かが、見てるかも」

気になって瞳を彷徨わせると獅旺がかるく笑う。

「大丈夫だ。この周囲には高いビルはない」

確かにそうだけれど。

「見てるのは星だけだ。せいぜい羨ましがらせてやる」

そして夕侑の腰に手を回して抱きしめた。甘い予感にフルリと背筋が震える。

「……ん」

意図せず鼻にかかった声がもれると、獅旺はそれに煽られたのかキスを深くした。そうしているうちに、ふたりの頭上を冷たい風が通りすぎる。獅旺は唇を離した。

「もう部屋に戻るか。冷えるといけない」

「……はい」

夕侑の腰を抱いたまま寝室に戻り、新品のベッドにそっと座らせる。

「中に入ってろ。俺は髪を乾かして、すぐ戻る」

まるで世話焼きの主人がペットに命令するように告げると、部屋を出ていった。俺様口調だけれど、獅旺は夕侑の身体が冷えないようにちゃんと気を配ってくれているのだ。

残された夕侑は、広いダブルベッドを見渡した。このベッドは普通のダブルよりも大きい。きっと獣化したときの獅旺のサイズにあわせているのだろう。

シルバーとホワイトでまとめられたカバーと枕は、クリーム色の部屋によく馴染んでいた。獅旺はシンプルで上質なものを好む。

そんな飾り気のない部屋の中で、ただひとつ目を引く品は、壁にかけられたサニーマンの時計だった。彼のマスクを象った時計はこの中で非常に浮いている。

それを微笑ましく見あげていると、髪を整えた獅旺が戻ってきた。

Tシャツにスウェット姿の彼は、まっすぐ窓に向かうとカーテンをあけ放ち、ベッドサイドのテーブルからリモコンを手に取って部屋の電気を消した。

するると、大きな窓いっぱいに夜空が広がる。

「……うわ」

ベッドは窓際によせてあったので、まるで天空のベッドに座っているような気分になった。

「すごい」

「こうすると、外で寝ているような気になるだろ。俺はこれが好きなんだ。野生に戻れるようで」

「星が綺麗ですね」

「お前も気に入ったのならよかった」

獅旺が横に腰をおろす。するとベッドがタプンと揺れた。不思議な揺れ方に目をみはると、「ウオーターベッドだ」と教えてくれる。けれど夕侑はそんなベッドのことは知らなかったので首を傾げた。それを見て相手がニヤリと笑う。

「スプリングの代わりに水が入ってるんだよ。寝心地は最高だぞ」

「そうなのですか」

寝ながらぷわぷわ揺れそうだなあ、などど暢気に考えていたら、獅旺は意味ありげに口のはしをあげた。

「いい感じに揺れるらしい。で、発情は？」

聞かれて、首を振る。

「まだです」

「みたいだな。ほんの少ししか、甘い匂いがしない」

「匂いがしますか?」

自覚のない夕侑は、俯いて自分の服に鼻を近づけた。

「ああ。フェロモンじゃなくて、お前自身の匂いがする」

「僕の匂いがですか?　自分じゃわかりませんけど」

夕侑にはさっき風呂で使ったボディシャンプーの香りしかわからなかった。獣人はヒトよりも鼻がきくので、ほんの少しの匂いでも拾うのだろう。

「いつもしてるぞ。美味そうな獲物の匂いが」

獅旺が顔をよせてくる。そうして首筋に鼻先をあてた。くすぐったくて肩をすくめると、耳の下にキスされる。

「……ぁ」

「肉食獣を誘う、蕩けるような甘い匂いだ」

首元に顔を埋めて、皮膚を唇でたどりながらささやいた。

「襲われる恐怖がほんの少しと、逃げられないという諦め、それから肉を抉られる快感への期待。そんなものが混ざってる」

「……」

心の中にある感情を言いあてられて、頬が熱くなる。

「これにフェロモンが加わると、凶暴なくらい魅力的になるんだ」

獅旺が両手で夕侑の首筋をはさんだ。

「その香りが俺だけのものになって、本当に嬉しいよ」

「……獅旺さん」

自分だって、この人のものになれてどれだけ嬉しいか。

獅旺がまた唇を重ねてくる。今度は口内に舌を差しこんで、夕侑の舌を舐めるようにした。舌先がねっとりと絡みあい、そこから劣情が生まれてくる。

「……ふ」

甘い吐息をもらすと、ゆっくりベッドに押し倒された。大きな手が、スウェットの上着の裾から潜りこんでくる。素肌をぞろりと撫でられて声が出た。

「——あ……っ」

「少しだけ、食べさせろ」

「ん、……ッ」

「発情していなくても、お前に触れたい」

下に着ていたTシャツも捲りあげられて、あらわになった肌にキスされる。鎖骨から胸へ、そして感じやすい乳首に唇が移っていく。口づけながら歯もかるく立てるので、尖った快感が皮膚を刺激した。

「……あっ」

小さな突起に遠慮なしに吸いつかれ、キュッと絞りあげられて、気持ちよさに背中が跳ねる。

「や、……アっ」

ぬるぬると舌先で転がされると、痺れるような快楽がそこから全身に広がっていく。下着の中のものが、グンと成長したのがわかった。

「はぁ、ふ……っ」

甘美な感覚に内腿が震える。獅旺はもう一方の乳首を指先で弄ぶと、夕侑の勃ちあがりつつある性器を、自分の腹に押しつけて揺するようにした。

「ん……、ダメ……です」

服越しのもどかしい刺激に、こちらの腰も自然と揺れる。はしたない動きに頬が赤くなった。ベッドがふたりの動きにあわせてゆるく波立つ。その不思議な感覚にも煽られた。

「や、……も……」

乱れてしまうことに抵抗を覚える。発情していないせいで、理性がまだ働いているのだ。首を振って羞恥を訴えると、獅旺はそんな夕侑を見あげて、どこか楽しそうに口角をあげた。

「まだ少し冷静なようだな」

涙目になった姿を、期待を含んだ瞳で眺めてくる。すると捕食される喜びが胸の内からわいてきて、夕侑はその感覚に戸惑った。こんな気持ちが自分の中に生まれてくるなんて、信じられない。しかし快感を知ってしまった身体は、獣の荒々しい眼差しにどんどん官能を呼び起こされていく。

触れて欲しい、どこもかしこも、内側も、全部。

甘い望みに誘われて、自然と抵抗をやめていた。求められるまま手足の力を抜いて、胸も下半身も彼の動きにあわせれば、獅旺は満足げなため息をこぼした。

「可愛くなってきた」

そして嬉しさを伝えるように、長いキスをする。

自分もそれに懸命に応えた。気持ちよくなりたいけれど、相手にはもっと気持ちよくなって欲しい。好きだという感情を、行為で示すことができるのなら、どんなことだってしたい。たくさんの幸せをくれた人だから。そのことを言葉以上の仕草で伝えたい。

獅旺は夕侑の服を脱がせて裸にすると、自分も素裸になった。筋肉の張った逞しい身体が目の前にあらわれれば、鼓動も早くなる。

そのままぎゅっと抱きしめられ、満足感に熱い吐息がこぼれた。

両手を相手の首に回してすがると、また口づけられる。獅旺のキスはいつも情熱的で、唇も舌も、そしてときには歯さえも立てて力強く翻弄してくる。夕侑はすぐに息継ぎもままならなくなった。

「発情していないのなら、挿《い》れるのはやめておく」

「……ん、は……ぃ」

夕侑の身体を気遣いつつ、下半身に手を伸ばす。

「じゃれるだけにしておこう」

そう言いながら、勃ちあがったオメガの性器に触れてきた。獅旺の太く長いペニスに比べ、夕侑のものは若干小さい。それを片手で包むと、ゆるく扱き始めた。

「……ぁ、んぁ」

とろとろと先走りがあふれて、相手の指を濡らす。くちりと濡れた卑猥な音ももれた。

「お前のここ、この大きさと弾力が、可愛い」

「……え」

「アルファの俺と違って、繊細で儚げな感じがする。同じ男のものなのに、お前のはどうにも苛めて泣かせたくなる形をしてる。瘤がないせいか」

アルファのペニスは、根元に瘤がついた独特の形状をしている。獅旺は根元のつるりとなった部分を、興味深そうに何度もさすってきた。

「いつまで触ってても飽きないな」

じれったい動きで茎の下部ばかりを刺激する。

「……んっ……」

夕侑は物足りなさに内腿をすりあわせた。それに相手が苦笑する。

「達《い》きたいか」

「……」

恥ずかしくて、我慢の表情で目をそらすと、獅旺は性器から手を離した。起きあがってシーツに座ると、夕侑の足を大きく割りひらく。

「あ――」

大きな両手で内腿をおさえ、恥部の全てをあらわにした。

「……ぇ、恥ずかし……」

「このほうがよく見える」

「え……」

足のつけ根をゆったりと撫でて、濡れた幹を揺らすものだから、先端にまた雫がにじんだ。

「動くなよ」

「あ、……も、そんな……」

夕侑は腕で口元をおおった。自分の欲望を正直にあらわす分身に、羞恥は増すばかりだ。その姿を獅旺は瞳に熱をこめて堪能している。足をとじようにも、押さえつけられていてそれができない。

「獅旺さ……、も、だめ……」

許して欲しくてか細い声で懇願すると、相手は片手で肉茎を扱きながら、もう一方の手のひらで亀頭を包みこんだ。グリグリと手の腹を旋回させて、敏感な先端を刺激する。するとあっという間に高みに放りあげられた。

「ひあッ――あ、ああっ」

声がうわずり、やめてという暇もなく際を越えさせられる。

「やあ……あ、ああ、んぁ……ぁ……ッ」

シーツの上で逃げるように身悶えて、夕侑は雫を吐き出した。

「ああ、ヤ、だめ、ダメ、ゃだ……っ」

ドクドクと脈打つ己の分身に泣きそうになる。

「も……もぅ……」

震え声をもらす夕侑を、獅旺は満足げな、なのに睨むような強い眼差しで眺めてきた。

その姿に背筋が震える。

「可愛いな」

口角をあげて微笑む男の背後に、獅子の影が揺らめく。

炎のようなたてがみに、金茶色の瞳。

――ああ、自分は、この獣に食べ尽くされるんだ。

襲われる恐怖と、逃げられないという諦め、それから肉を抉られる快感への期待。それらが混ざりあい目眩を起こす。

揺らぐ視界の中、獅旺が舌を見せて犬歯を舐める。

その扇情的な仕草に、夕侑はまたゾクリと背筋を痺れさせた。

＊　＊　＊

翌朝、目覚めたとき、獅旺はベッドの上の少し離れた場所で、獣姿で眠っていた。

キングサイズのダブルベッドは、大きな獅子が横たわっても余裕がある。こちらに顔を向けて寝る姿は、目が糸のように細まっていて愛らしかった。

獅旺は眠っているときによく獣化する。きっと気が緩むのだろう。夕侑は相手を起こさないように注意しながらゆっくりと近づいていき、裸体を獣毛にくっつけた。ぼわぼわした感触は夕侑のお気に入りだ。特に下腹や内腿をすりつけると、とても気持ちよくて癖になる。こんなこと本人には恥ずかしくて言えないけれど。

やわらかな被毛ですりすりしていたら、相手が「グルッ」と唸った。どうやら目を覚ましたらしい。瞬きを数回して、夕侑が密着していることに気がつくとパッと離れた。そしてあっという間にヒトに変化する。

「大丈夫だったか?」

開口一番、心配げに聞いてきた。

「えっ」

「怪我はしてないか。重くはなかったか?」

「い、いいえ。大丈夫です」

「そうか」

安堵の表情で肩の力を抜く。

「どうも寝ていると無意識に獣化してしまう。気をつけてはいるんだが、すまなかった」

「いえ、僕から抱きついていったんですから」

「なに?」

「獣毛に触りたくて」

すると獅旺は眉をよせた。

「獣姿で寝ているときは、俺に近づいたらダメだ。間違えてお前を押し潰したり、爪や牙で傷つけてしまったらどうする」

「そ、そうですね」

確かに、寝ぼけて動かれたら危ないかも知れない。

「触りたかったら起きているときか、俺を起こすかしろ。そうしたら好きなだけ触らせてやる」

「わかりました」

起きているときに裸体をすりつけるなんて、そんなこと恥ずかしくてできない。夕侑はもうすりすりはできないなと残念に思った。

ちょっとシュンとなった夕侑に、獅旺は叱られて気落ちしたのだと勘違いしたらしい。

「さあ、起きよう。シャワーを浴びて朝食を作るぞ」

と優しく誘った。

「はい」

ふたりでベッドをおりて、下着を身に着ける。そうしてシャワーを順番に使った後、キッチンで一緒に食事の準備をした。

今日は休日なので、ゆったりと用意ができる。厚切りトーストにバターと林檎ジャム、それからベーコンとスクランブルエッグ。温かいカフェオレを添えて、テーブルで向きあった。

遅い朝食をとっていると、横においたスマホが着信音を鳴らす。食事中だったので無視していたら、獅旺が「出ていいぞ」と言う。言葉に甘えて着信履歴だけチェックした。

「登録していたアルバイト検索サイトからのお知らせでした」

スマホをテーブルに戻しながら伝える。

「アルバイト?」

と獅旺が聞き返した。

「はい。こちらにきたらすぐに働けるように、登録しておいたんです」

「何のバイトを?」

「とりあえず、考えているのはコンビニとか、ファミレスとかです。時間が自由になるほうが都合がいいかなと思って」

「そんなに急いで探す必要ないだろ。ゆっくりこちらの生活に慣れてから、俺が適当なところを探してやるよ」

「獅旺さんが?」

「ああ。任せておけ。俺のほうのバイトは、あと一か月ほどで目処がつくから。それまで待て」

「獅旺さんのバイトの区切りを待つんですか?」

獅旺は確か、現在大学に通いながら御木本不動産の企画室でアルバイトをしているはずだった。後学のため、グループ内企業で働いているのだ。

「そうだ。そうしたら俺はあっちのバイトを辞めるから。一緒に働ける」

「辞めて一緒に働くんですか?」

ビックリしてヘンな声が出る。

「ああ」

「どうしてですか」

それに獅旺は、平然とカフェオレを飲みながら答えた。

「お前ひとりを働かすのは心配だからだ」

呆気に取られて相手を見返す。

「それは……確かに、僕は働いたことはないし、今までは発情に振り回されて普通の暮らしもまともにできていませんでしたけど」

「だから俺がついていく」

「でも、企画室で働いているような有能な人がコンビニのバイトでは役不足なのでは？　もったいなさすぎます」

「まあそうだけどな」

至極当然という様子で答える姿に、ちょっと驚かされながらも納得する。獅旺は優秀な獅子族の御曹司で、生まれてからずっとエリート街道をまっすぐに突き進んできた人だ。だから俺様な答えも自然体なのだが、そんな人にコンビニのアルバイトは不似合いすぎると思った。

「あの、僕、多分ひとりでも大丈夫だと思います。世間慣れはしていないけれど、バイトぐらいできます、きっと」

「だが世の中には、たくさんのアルファ獣人がいる。お前はヒトだから何かあったらどうする」

「僕はもう、発情してもフェロモンはまきませんが」

「まあそうだが」

獅旺がいささか言葉につまる。

カップをおいて指を組み、親指を何度かすりあわせた。それからまたカップを手にして、ボソリと呟く。

「俺としては、できれば働きになんか出ずに、ずっと家にいて欲しいほどなんだ。ここでゆったりと、心配事なく暮らしてもらいたいと思ってる。必要な物は俺が全部揃えてやるから」

少し憮然とした表情で話すのは、それが夕侑の意向に沿わないとわかっているからなのだろう。もちろん夕侑も、そんな引きこもった生活を望んではいなかった。

獅旺が心配してくれているのは理解できるが、それではいつまでたっても世間知らずなままになってしまう。将来大学を出たら、恵まれないオメガのために働きたいと思っているので、一日でも早く普通の生活に慣れたい。

「……あの、獅旺さん。僕のことを心配してくださる気持ちは、とてもありがたいんですが。でも、僕としては、在学中にできるだけ多く社会勉強をしておきたいんです」

「わかってる」

自分の中にある葛藤をにじませながら、獅旺がうなずく。

「ですから、ひとりで働きに出たいです。それで、色々な人と交流して、自分の力でお金を稼いで、たくさんのことを経験したいです」

「それは確かに必要なことだ」

自身を納得させるように、難しい顔つきで目をとじる。

「じゃあ、……働きに出てもいいですか？」

獅旺は口を真一文字に引き結び、しばし沈黙した後、仕方なさそうにゆっくりと首を縦に振った。

「わかった。その代わり、条件をつける。家から徒歩十分圏内、平日昼間のみで、夜間は禁止。土日は絶対に俺のためにあけること。もしも危険な目にあったらすぐに辞めること」

まるで過保護な親のような話しぶりだ。けれどそれも経験不足な夕侑を思ってのことだろう。

「わかりました。ありがとうございます」

笑顔で礼を言うと、それ以上何も言えなくなった獅旺が、負けた顔になって腕組みをした。

第二章

数日後、夕侑は新居のそばにあるコンビニのアルバイトに採用された。

平日昼間、午前九時から午後五時までというシフトだ。

「いいか。何かあったらすぐに連絡しろ。迎えにいくからな。それから仕事が終わったら、まっすぐ家に帰るんだぞ」

バイト初日の朝、大学へいこうとする獅旺を玄関まで見送りに出ると、子供に言い聞かせるように念を押される。

「わかりました」

「俺も今日は早く帰るからな」

「はい」

「まあ、頑張ってこい」

そして励ますように、夕侑の額にキスをひとつ落とした。

「いってらっしゃい」

獅旺を送り出してすぐ、夕侑は初出勤の準備をした。ミニリュックに必要なものを入れて、八時半にマンションを出る。駅に向かって通りを五分歩いたところに、目的の広い駐車場つきのコンビニはあった。

「おはようございます」

店に入ると、レジに店長がいたので挨拶をする。

「ああ、大谷くんか。おはよう。早いね」

「今日からよろしくお願いします」

と頭をさげれば、壮年の恰幅のいい店長はニコニコと笑いながら「こちらこそ」と答えた。

「じゃあこっちにきてね、色々と説明するから」

店長はアルバイトの女性にレジを頼むと、夕侑を連れてバックヤードに入った。狭くて長細い空間には、大きな棚があってジュースやダンボールが積まれている。その奥にはロッカーが並んでいた。

「ここの更衣スペースで、これを着て。それから、こっちにタイムカードがあるから、こうして押してね」

「はい」

初めてのことで緊張しつつ、制服や休憩時間についての説明を受ける。その後ロッカー前で制服を羽織り、店先に出た。

「えっと、じゃあ、まず始めに教育係を紹介しとこうか」

店長が、二台並んだレジの奥側にいる人物を呼ぶ。さっきは女性がいた場所に、今は大柄な男性が立っていた。

「おーい、虎ノ介《とらのすけ》くん、手があいたらこっちきて」

呼ばれて振り向いたのは、身長は百九十を越えるであろう強面の獣人だった。橙色《だいだいいろ》の髪に、切れあがった二重の目。作りの大きな鼻と口に、その下の顎髭。耳にはいくつものピアスがついている。獅旺も大柄で迫力があるが、この人はまた種類の異なる威圧感があった。

「うぃっす」

唸るように返事をした男は、夕侑を眺めつつペコリと頭をさげた。

「この人は、市川虎ノ介《いちかわとらのすけ》くん。見た目は怖いが中身は真面目で気さくな子だよ。きみと同じ時間帯に入ってるから色々習うといい。あ、歳はえっといくつだっけ？」

「二十九っす」

聞かれた虎ノ介が低い声で答える。そして口のはしをニッとあげた。すると愛嬌のある顔立ちになる。どうやら外見と違い、中身は割といい人のようだ。

「あ、えと、大谷夕侑です。今日からお世話になります。十八歳です。どうぞよろしくお願いいたします」

深々とお辞儀をすると、「マジっすか」と呟かれる。何がマジなんだろうと眉をよせて見返せば、虎ノ介はこちらにやってきて目の前で仁王立ちになった。

「めっちゃポヤポヤした可愛い顔してんじゃないすか。十八には全然見えないっすね。あ、どうぞよろしく」

「え？　ええ。は？」

ポヤポヤした顔とは？

そして夕侑は、こんな怖い見た目なのにかるいノリの人とは今まで喋ったことがない。どう答えていいのかわからず戸惑っていると、隣の店長が言った。

「虎ノ介くん、大谷くんが驚いてるよ。彼、アルバイトは初めてらしいから、優しく指導してあげてね。じゃ、僕はちょっと用事で出てくるからさ、後はふたりでよろしくね」

「うぃっす」

店長がバックヤードに入っていくと、レジ前には夕侑と虎ノ介が残された。

虎ノ介は夕侑をじっと見おろして、腰に手をあてて言った。

「じゃ、まずレジ打ちの仕方から教えましょうか」

「あ、はい」

店内に客はいなかったので、虎ノ介がレジの使い方を説明してくれる。夕侑はポケットからメモ帳を取りだし、必要なことを書き記していった。

「真面目っすね。ちゃんとメモ取るんだ。あ、レジ袋はここにあるからね」

「はい」

「覚えなきゃいけないこと多いから、順番にこなしていけばいいすよ。わかんなかったら俺が教えるから」

「はい、すみません」

「たばこの銘柄、収入印紙、振込用紙、宅配その他たくさんあるからね」

「そうですか、わかりました頑張ります」

言われたことを懸命にメモする。そうしていたら、頭上からボソリと聞かれた。

「夕侑さん、オメガ?」

「え?」

顔をあげると、虎ノ介は夕侑のうなじを見ていた。

「ええそうです」

「しかも番持ちだ。噛み跡がある」

「はい」

「なるほど。そりゃあ安心だ。で、何族?」

「あ、えっとヒト族です」

すると驚いた顔になる。

「へえ、珍しい。ヒト族オメガかぁ。初めて会ったすよ」

「そうですか」

「俺は虎族ね。虎のアルファ。だから名前が虎ノ介。ってそりゃあないだろって?」

「はい?」

虎族だから虎ノ介なら、普通にあり得るのではないか?

目を見ひらく夕侑に、虎ノ介が苦笑する。

「夕侑さん真面目っすね」

「は、はあ……？」

　どうもこの人とは話が噛みあわない。ノリが奇妙でついていくのが難しそうだ。こんな人が教育係で自分はこれからやっていけるのだろうかと、夕侑はいささかの不安を感じた。

　その日の仕事を何とか終えて、午後五時になると店長と虎ノ介に挨拶をして、着がえてから店を出る。

　広い駐車場を渡ろうとしたら、脇のアーチ型の車どめに誰かが腰かけているのが目に入った。

「……あ」

　それは獅旺だった。アルバイトの帰りらしく、リュックを片方の肩にかけてこちらを眺めている。

「獅旺さん」

　急いで駆けよると、相手が片頬笑んだ。

「どうだった？　初日は」

「どうしたんですか。こんな早い時間に。バイトは？」

「今日は早く帰ると言ったろ」

「ああ、そうでした」

「で、仕事は？」

　車どめから立ちあがり、たずねてくる。

「緊張しました。でも、何とか失敗もせずに終わりました」

「それはよかったたな」

まだ緊張が取れなくて興奮気味に話す夕侑を、獅旺は微笑ましげに見おろした。

「じゃあ、夕食の食材を買って、帰るとするか」

「はい」

夕侑が明るく答えると、獅旺も安堵したように笑う。そうして西の空に傾く太陽を背に、ふたりで駅前商店街に向かって歩き出した。

スーパーで買い物をし、近くの洋菓子店によってケーキも買って家路につく。その道すがら、夕侑は今日あったことを獅旺に話して聞かせた。

「僕の教育係には、ベテランのアルバイトの方がついてくれました」

「へえ」

たくさんの食材とケーキを、手わけして持ちながら話す。

「その教育係ってのは、どんな奴なんだ？」

「虎族のアルファです」

「何？　虎のアルファだと？」

獅旺が眉をよせた。

「はい。けど全然アルファらしくない人なんです」

「らしくない？」

夕侑は今日、虎ノ介から受けた印象を獅旺に説明した。強面で派手な見た目だが、親切な人柄で、面倒見もよさそうな感じの獣人だということを伝える。獅旺は「ふうん」とひとつうなずいた。

「あいつらは基本的に単独行動を好むし、協調性もないからな。だから変わった奴も多いんだろう」

と虎族に対して辛辣な意見を述べる。どうやら獣人は、他の種族に対してライバル意識があるらしい。

「獣化して戦えば、勝つのは大抵獅子のほうだ。まあ敵にもならん相手だな」

フンと鼻を鳴らして口のはしをあげる。獣化して戦うなどという物騒な比較に、ヒト族の夕侑は呆気に取られた。

獣人の価値観は、獣になったことのない身には理解し難い部分がある。隣に立つ恋人はまさしく百獣の王の化身なのだと、いささかの畏怖の念を抱いて見あげた。

その日は帰宅後、疲れていたせいか、獅旺が入浴している間に眠くなってしまい、我慢できずにベッドに潜りこんだ。

起きていなければと頑張っていたが、いつしかウトウトしてしまう。しばらくまどろんでいたら、誰かが前髪をゆっくりとかきあげる気配がした。きっと獅旺だろう。

ああ気持ちいいなと夢見心地のところに、キスをされる。

「一日よく頑張ったな」

優しくささやかれて、夕侑はそのまま蕩けるように深い眠りに落ちた。

＊　＊　＊

翌朝は、一時限の講義から出席するという獅旺を送り出した後、バイトの時間まで大学の課題をこなした。

四月に入学した大学は通信制なので、勉強時間は自分で管理しなければならない。一時間ほどテキストを読んですごし、時間がきたのでミニリュックを肩にかけて部屋を出た。

昨日と同じように九時前に入店して、レジのアルバイト女性に挨拶をしてからバックヤードに入る。制服に着がえていると、奥の事務スペースから店長がやってきた。

「やあ大谷くん、おはよう」

「おはようございます。今日もよろしくお願いします」

「ああ。きみはキチンとしてるねえ。ところで、虎ノ介くんはきてるかな」

「え？　まだ見てませんが」

店長は壁にかけてあった時計を見あげて「むう」と唸った。針はもう少しで九時を指す。

「虎、寝てるな」

「え？」

「大谷くん、ちょっといいかなあ」

「あ、はい」

店長は夕侑を店の外に連れ出すと、駐車場の隣にある古い木造アパートを指差した。

「あそこに虎ノ介くんが住んでる。二階の一番手前の部屋だ。すまんがちょっといって、起こしてきてくれないかい」

「えっ？」

「電話をかけても多分起きない。ドアを叩いて大声で呼ばないと目を覚まさないんだよ。きっと昨夜も遅くまで配信してたんだろうな」

「配信？」

何のことかと聞き返すと、店長が「ああ」とうなずく。

「虎ノ介くんは、音楽をネット配信するのが趣味なんだよ。なんでもそれで一発あてるつもりらしくて。ファンもいると言ってたけど、まあそれは眉唾もんだがね」

「そうなんですか」

「とにかく、起こしてきてくれる？」

「あ、はい」

夕侑は急いで駐車場を出ると、隣のアパートへ向かった。築四十年はすぎているであろう古い建物の外階段をあがれば、一番手前の部屋のドアに『市川』という殴り書きのプレートがある。色褪せたドアには虎柄のステッカーがいくつも貼ってあったので、間違いなくここだろう。

旧式の呼び鈴を押してみたが、応えはなかった。

「市川さん、市川さん」

ドアをノックして呼びかける。しかし返事はない。耳をすませば、薄い扉の向こうから「ングググッ」といういびきが聞こえてきた。どうやら店長の言うとおり寝すごしているらしい。

「市川さん、起きてください。バイトの時間です」

隣の住人を気にしつつ、ドンドンとドアを叩くも返事は唸り声だけだ。

「どうしよう。もう九時なのに」

焦って周囲を見渡しながら、無意識にドアノブを掴んで回すと、思いがけないことにするりとひらいた。

「あれ？」

鍵がかかっていない。

夕侑は目をみはった。もしかして起こしてもらうのを見越して施錠していなかったのか。

そっと扉をあけて、室内に顔を入れると三畳の台所とその奥に和室が見えた。

「……市川さん」

「ンゴゴゴッ」

いびきで返事をされたので、仕方なく玄関に足を踏み入れる。

「失礼しますね」

と断って靴を脱ぎ、台所にあがった。部屋は男性のひとり暮らしらしく、それなりに散らかっている。

空いた酒瓶が並んだ台所を通って和室に入ると、大きな虎が一匹、シングルベッドの上に横たわっていた。

「……うわ」

体長が二メートル以上ある、オレンジと黒の縞模様の獣が気持ちよさそうに目をとじて腹を上下させている。

「すごいなあ」

獅旺で獣姿は見慣れているけど、獅子とはまた違う貫禄があった。

「市川さん、市川さん、起きてください」

夕侑はベッドに近よって、肩のあたりをかるく揺すった。

すると「グゥ?」と唸って虎が目を覚ます。そして人の気配を感じ取るとガバリと身を起こし、いきなり牙を剥いた。

「グアオオウッ」

「ひっ」

驚いた夕侑が、積んであった洗濯物の上に尻餅をつく。それを見た虎が、あれ? という顔になった。

スルッと人間に変化すると、不思議そうに聞いてくる。

「夕侑さん? なんでここにいるんすか?」

「……え」

虎ノ介は、もちろん全裸だった。

「あ、あの、店長さんに、市川さんを起こしてくるように頼まれて、それで」

「えまじで」

床におかれたスマホを手にして「やべ」と短く叫ぶ。そして素早くベッドから飛び降りると、近くに落ちていた服を身に着け始めた。

「夕侑さん、すんませんでした。服着たらすぐいきますんで、先に店に戻っててください」

「あ、はい」

夕侑は慌てて起きあがると部屋を出た。背後ではドタドタと騒々しい音がしている。

何て変わった人なんだろう。驚き半分、呆れ半分で駐車場を横切っていると、後ろから虎ノ介が獣さながらの足の速さで駆けてきた。上半身はアロハシャツを引っかけただけ、下はチノパンに履き古したスニーカーという恰好だ。

夕侑を追い越して店内に入っていくので、自分もそれを追いかけた。バックヤードにいくと、虎ノ介はちょうどタイムカードを押したところだった。

「セーフ」

タイムカードは九時ピッタリだ。

「いやヤバかった。マジ遅刻するとこだった。夕侑さんマジ感謝」

そこに店長がやってくる。虎ノ介は十分ほどこってりと絞られてから、売り場のほうに出てきた。

「あ〜耳が痛いわ」

首を左右に振って、レジ前に立つ夕侑の隣にくる。そうしてコッソリささやいた。

「夕侑さん、ありがとね。おかげで助かったわ」

「あ、はい」

「俺、虎のまんまで叫んだからビックリしたっしょ。ごめんね」

はそれきりになる。


「いえ、大丈夫です」

獣姿は見慣れているから、少し驚いた程度だ。

「そなの。あ、もしかして番さんも虎?」

「いやそうじゃないですけど」

話していたら客がやってきたので、会話は切りあげて接客に移った。そのまま忙しくなり、話題はそれきりになる。

バイト二日目はたばこの銘柄を覚えたり、品出しの方法を教えてもらって一日を終えた。

やがて五時近くになると、客足が途絶えて店内は夕侑と虎ノ介だけになる。

「てか夕侑さんさ」

前おきもなく、いきなり話しかけられた。

「はい」

レジを見ながら、公共料金の処理の仕方を頭の中で反芻していた夕侑は顔をあげた。

「俺のことは、市川さんなんて他人行儀じゃなくてさ、名前で呼んでちょうだいよ」

「名前でですか?」

「そそ。虎ちゃんとか虎ぴぃとかさ」

「え」

強面の二十九歳にそんなことを言われてビックリする。

「そ、それは、ちょっと。というか、市川さんこそどうして僕に敬語なんですか」

「夕侑さんは何かそんな雰囲気だから」

「雰囲気？」

目を瞬かせて、大柄な獣人を見あげた。

「うん。細くて儚げだけど、ちゃんと仕事はこなすし真面目だし、だからリスペクトして」

「……リスペクト」

「だから俺のことは虎ぴょんって呼んでね」

「いえ、それはちょっと」

と話していたら、客が数人来店する。レジが急に忙しくなり、夕侑は公共料金の振込用紙を差し出され、あたふたしながら処理をした。

客が去った後、隣のレジにいた虎ノ介がこちらにやってくる。

「どう？　ちゃんとできた？」

「はい、これが控えです」

「どれどれ。――え？」

虎ノ介は残された用紙を見て、怪訝な表情になった。

「夕侑さんこれ、間違ってますよ。こっちの控えを、相手に渡さなきゃいけない」

「えっ」

見ると、店舗控えとお客様控えを取り違えている。夕侑は蒼白になった。

「大変だ」

慌てて控えを持って店の外に出て、周囲を見渡した。しかし客の姿はどこにもない。歩道をウロウロしたが見つからず、仕方なく諦めて店に戻った。

「どうしよう……」

「まあ、しゃーないね。初心者あるあるや。店長に言えば処理してくれると思うよ。俺も一緒に謝るからさ」

「すみません」

シュンとうなだれると、励ますように言われる。

「これからもっと色々失敗することあるやろうから。元気出して」

「もっと失敗するんですか、僕」

「そそ。そんなもんや」

どんよりと落ちこんでいると「あのう」と見覚えのある客に声をかけられた。

「これ、さっきもらった控えでしたが、間違ってましたよ」

それは夕侑が処理した用紙だった。間違いに気づいた客が戻ってきてくれたらしい。

「ああ！　ありがとうございます」

顔を輝かせて目一杯感謝すると、客はその様子に苦笑した。何度もお礼を言って控えを渡し、客が去った後ホッと一息つく。

「よかったぁ……」

「夕侑さんが頑張ってたんの、ちゃんと神様が見ててくれてたんやね」

横で虎ノ介がウンウンとうなずいた。

「ご迷惑かけてすみませんでした」

「何言ってんの。いいよいいよ。代わりに俺のことは虎ぴーって呼んでもらうから」

「え？」

「虎ぽんでもいいよ」

呆気に取られ、それから夕侑はプッと噴き出した。

「虎ちぃ、虎やん、虎ぷぅ、好きなので」

「どれも無理です」

クスクスと笑うと、虎ノ介が口のはしをあげる。

「じゃあ、虎まる〜で」

なぜか両手の人差し指をこちらに突きつける恰好でおどけてみせる。それにまた笑ってしまった。テレビに出てくるお笑い芸人のようなノリの人だ。

笑いがとまらなくなってると、店の入り口がひらいた。笑顔のままそちらを振り向く。

「いらっしゃいま……」

呼びかけた挨拶が途中でとまる。自動ドアをくぐり抜けてきたのは、なんと獅旺だった。

「…………」

獅旺は笑っているふたりを確認して、片眉をあげた。一瞬だけ怪訝そうな表情を浮かべるも、何事もなかったかのように店の奥へと歩いていく。夕侑は笑顔のまま固まった。

どうして彼が、と驚いていると別の客がきたのでその対応に追われる。

獅旺は冷蔵庫からペットボトルを一本取り出すと、まっすぐ夕侑のレジにやってきた。

「あ、こっちへどうぞ」

虎ノ介が隣のレジに立ち、獅旺に声をかける。しかし獅旺はそれに片手をあげて、結構というように断りを入れた。そして前の客が会計をすませるのを待ってから、夕侑の前に立つ。

「いらっしゃいませ」

夕侑はマニュアル通りの対応をした。

「百八十三円です。袋はおつけしましょうか」

「このままでいい」

スマホで支払いをすませ、ボトルを手にした獅旺が夕侑を見おろし小声でささやく。

「外で待ってる」

その顔に笑みはなかった。

「…………」

獅旺はカウンターを離れるとき、虎ノ介を一瞥した。威嚇するように、瞳の奥に冷たい炎をちらつかせて店を出ていくと、虎ノ介が横にやってきて呟く。

「なんや、偉そうな学生やったな」

夕侑は答えられず呆然となった。

もしかして、不機嫌になったのだろうか。自分が彼以外のアルファ獣人と楽しく話をしていたから。いやでも、それぐらいで機嫌を悪くするような度量の小さい人ではないと思うけれど。

しかし獅旺は以前、夕侑が犬族ベータの友人と仲よくしているだけで嫉妬をしたことがある。本人がはっきりと『嫉妬した』と口にしたのだ。『俺以外の男と親しくすると腹が立つ』とも言った。だとしたら、さっきの場面を見て、面白くないと感じたかもしれない。

どうしよう。怒らせたのか。

「どしたんすか」

ぼんやりとなった夕侑に、虎ノ介が聞いてくる。返事ができないでいると、虎ノ介が「あ」と小さく叫んだ。

「さっきの学生、夕侑さんの番相手?」

「……そうです」

「へええ。彼がそうなんだ」

太い首を伸ばして、入り口の向こうに目をやる。

「なんかすっげー、エリートって感じの男やったな。あれ、何の獣人?」

「獅子族です」

「獅子かー。そりゃあこっちにガン飛ばすのもわかるわー。あいつら、自分の群れ《プライド》を守るのに命かけっからなあ」

顎髭を指でこすりつつ、納得したように呟く。

「やばいっすね。夕侑さんの番。めちゃくちゃ束縛強そう」

言われて、夕侑は無意識にうなずいていた。

＊　＊　＊

バイトを終えて店の外に出ると、獅旺はこの前と同じ車どめに腰かけていた。夕侑が近づいていくと立ちあがり、リュックを背負い直す。

「終わったか」

落ち着いた顔で、ごく普通に話しかけてきた。

「はい」

けれどどこか威圧感がある。

「あれが虎族アルファか」

声音も硬い。

「ええ。そうです」

答える夕侑に、口のはしをゆがめた。

「軽薄そうな奴だったな」

「でも、仕事は丁寧に教えてくれます。中身はいい人です」

虎ノ介をかばって、ほめ言葉を口にする。彼は変わった人だったけど、根は親切だから獅旺に誤解して欲しくはない。

「なるほど」

しかし返ってきた声は冷たかった。

夕侑はどうしていいかわからず、黙りこんだ。

大好きな獅旺に、こんなことで不機嫌になってもらいたくない。けれど誰も悪いことはしていないし、間違ったこともしていない。

何と言葉を継げばいいのか困ってしまって、うなだれていたら獅旺の手が目に映った。ひらいたりとじたりして歯がゆそうにしている。じっと見ていると、やがて頭上からさっきとは異なるトーンの声が聞こえてきた。

「虎はネコ目の中でも、強さと勇敢さは獅子よりも劣る。身体は大きいが性格に臆病なところがあり、狩りの手際は獅子のほうが上だ。しかも、奴らは番に対する責任能力が獅子よりも少なく、従って群れをなして番を守る獅子のほうが種としては優秀と言われている」

「……」

いきなり種族の説明を始めた相手に目をみはる。すると獅旺はひとつ深呼吸をして、フンと鼻を鳴らした。

「まあ、そんなわけだから、俺は別に気にしてなどいない」

ちょっと勝ち誇った顔をしてから、気持ちを切り替えるようにさばけた口調で言う。

「さあ、買い物をして帰ろうか。腹が減った」

いつもの調子が戻ってきて、夕侑は安堵した。よかった、機嫌を直してくれたようだ。

「……はい」

大人な獅旺は夕侑が困っているのを見て取り、それで悪いと思ったのだろう。自分で感情をコントロールして気持ちをおさめてくれたのだった。

「僕もお腹がすいてます」

「今日は何を作ろうか」

「そうですね」

ふたりであれこれとメニューの話をしながら、買い物をすませる。たくさんの食料品を手に、家に着くころにはもう虎ノ介のことなどすっかり忘れていた。

けれど、部屋に入って玄関ドアをしめたとたん、獅旺の鼻に皺がよった。

「他の雄の匂いがする」

「えっ」

夕侑の腰を掴んで唸る。

「服から匂うぞ。これは何だ？　あの虎アルファのフェロモンか？」

「え……、そんな馬鹿な」

夕侑には何も感じられない。けれど獣人の敏感な鼻は、何かを嗅ぎ取ったらしかった。

「あいつと密着したのか」

「いいえ、全然」

それで思い出した。今朝、虎ノ介を部屋まで迎えにいったとき、洗濯物の上に尻餅をついたことを。それを伝えると、獅旺は納得するどころかさらに不機嫌な顔になった。

「そんなことまでお前にさせるのか、あの店は」

「え、でも、仕事前だったので」

「では時間外労働だ。しかも番持ちオメガをひとりで雄アルファの部屋に向かわせるとは非常識だ」

「そうなのですか」

まだ仕事の経験が浅い夕侑には、よくわからないことだった。

「お前はヒト族。ただでさえ捕食対象なのに、若くて美味そうときてるから、他人の番だとしても狙う奴は必ずいる」

「そんな」

信じられずにいる夕侑に、獅旺が続ける。

「いいか。この世界にはネコ目の獣人しかいないんだ。つまり全てが肉食獣ということだ。そこにヒト族のお前がひょっこりやってきたらフェロモンがなくたって食ってみたくなるというものが獣の性《さが》なんだぞ」

夕侑は唖然となった。今まではオメガだから危険という意識でいたから、番ができればもう安心だと思っていたのに、ヒト族の自分はそれだけで獲物になる危険性があるとは。

「知りませんでした」

「だから心配だと言ったんだ、俺は」

憮然とした表情の獅旺に、夕侑も落ちこんだ。

「ごめんなさい。これからは気をつけます」

シュンとなって謝ると、獅旺も苛立ちをしずめる。けれど他人の匂いのついた番には我慢ができなかったらしい。

「よし。じゃあ、服を脱げ」

「えっ」

「あいつの匂いを家に入れたくない。すぐにこのまま風呂に入る」

怒りというよりは明らかな嫉妬をにじませて、夕侑の服をその場で脱がせ始めた。

「し、獅旺さん」

「全て洗濯して殺菌して消臭だ」

夕侑は素っ裸にさせられると風呂に運ばれて、なぜか一緒に入ってきた獅旺に身体中を洗われた。

けれどそれだけでは満足できなかったのか、獅子の番はマーキングするように身体の中まで侵入してきて、その晩は風呂とベッドで遅くまで喘がされたのだった。

＊　＊　＊

翌日は、ちょっと疲れた顔で出勤した。賞味期限のチェックの仕方を虎ノ介に教えてもらい、それをこなすも仕事に身が入らない。

「どしたんすか、夕侑さん」

心配げにたずねられ、苦い笑いを返した。

「いえ。色々と、あったりして」

昨日、獅旺に全ての獣人に気をつけろと言われた手前、虎ノ介から距離を取りつつ返事をする。

すると剛胆な見た目に反して他人の感情には敏感なのか、虎ノ介は眉をあげて図星をついてきた。

「あの獅子のカレシさんが、何か、怒ったりとかした？」

「え」

目をみはる夕侑に、虎ノ介がまた両手の人差し指を向けてくる。

「あ、やっぱり？」

大きな上半身を横に傾げて、おどけたように指摘する姿につい笑ってしまう。

「獅子はなあ、鷹揚に見えて実は神経質なとこあるからなあ」

と獣目線で獅旺を評価した。

「しかもあのカレシさん、見るからに金持ちのお坊ちゃまぽかったしな。実際、育ちもいいんでしょ？　人を使い慣れてる風だったし」

棚から商品を取る夕侑を手伝いながら話を続ける。

「そうですね。立派な人です」

「まじか。じゃあ夕侑さんも大変だな」

「え？」

大変と言われて、相手を見返した。

「だって夕侑さんは、いかにも庶民って感じじゃないっすか。服も髪も地味にしてるし。あ、これ悪い意味じゃないすよ。威張ったとこや派手なとこがないって意味で」

「……」

「だから。ああいうアルファには、夕侑さんみたいな奥ゆかしいオメガはついていくのが大変じゃないのかな、って」

夕侑は虎ノ介の言葉に苦笑した。

「虎ノ介さんは、アルファなのにオメガの気持ちがよくわかるんですね」

そう言うと、虎ノ介が口のはしを持ちあげる。

「俺、母親がオメガだったんで」

「え。そうなんですか」

「そそ。獣人のオメガだったけど、夕侑さんとこみたいに相手のアルファが金持ちのボンボンで、まあすっげぇ苦労したんすよ」

「へえ。……すごく、苦労したんですか」

「うんまあね」

商品を揃えながら虎ノ介がうなずく。そこに客がやってきたので、彼は「いらっしゃいませ」と言ってカウンターのほうへ歩いていった。

残された夕侑は、虎ノ介の言ったことを頭の中で繰り返しながら、自分も御曹司の番として、すごく苦労することがあるんだろうかと考えた。

＊　＊　＊

その日の夜、食後にリビングで洗濯物を片づけていたら、獅旺がやってきて言った。

「明日は休日だろ。ふたりで出かけないか」

「お出かけですか、いいですね」

「足りない生活用品がいくつかあるから、車でそれを買いにいこう」

「はい。わかりました」

久しぶりのドライブだ。夕侑は嬉しくなって、畳んだ服の中からお気に入りのトレーナーを取りだした。ちょうど洗濯をしたところだったのでこれを着ていこう。だいぶ毛玉が目立ってきたのできれいにしようと思い、使い古しの安全カミソリを洗面所から持ってきて、服を床に広げ毛玉を削いでいった。

一心にきれいにしていると、そばのソファに腰をおろした獅旺が不思議そうにたずねてくる。

「何してるんだ」

「はい、こうやって毛玉汚れを取るんです。そうするとまたきれいになるんで」

「なるほど」

せっせと手を動かす夕侑をじっと眺め、やがて何でもない口調で言った。

「夕侑」

「はい」

顔をあげずに返事をする。

「何か、必要なものがあったら言うんだぞ。揃えてやるから」

「はいわかりました」

「欲しいものはないのか」

「今は……別に、ないですね」

「そうか」

会話はそれで終わり、獅旺は黙った。毛玉取りに夢中になっていた夕侑は、相手がどんな表情でいるのか知らずにいた。

「なあ夕侑」

しばらくしたら、もう一度呼ばれる。

「はい」

今度は顔をあげて返事をした。

「お前、スーツは持っているか?」

「スーツですか?」

いきなりたずねられて首を振る。

「いいえ。持っていません」

背広は一着もなかった。大学の入学式も自由参加だったので、出席しなかった夕侑は購入していない。

「じゃあ、一着は、必要なんじゃないのか」

「そうですね……」

「これから色々なところにでかけるのに、一着ぐらいはあったほうがいいぞ。冠婚葬祭などはいきなりやってくる。何かのときにスーツなしでは困るから、ひとつは作っておいたほうがいい」

「確かにそうですが」

夕侑の持っている服の中で唯一、冠婚葬祭に着ていけるのは学園の制服だけだ。けれどもう卒業したので、フォーマルな場面で着用するのはおかしいだろう。

獅旺の言うことはもっともだ。社会人になるのだから、背広のひとつぐらいは持っていたほうがいい。

自分の貯金で、買うことはできるだろうかと考える。安いものなら可能かも知れない。

思案していると、獅旺がもみ手をしてこちらを見ているのに気がついた。どうしたのかと思ったら、考えごとが終わったタイミングで口にする。

「お前の入学祝いをまだ贈っていない」

「え？」

「だから、スーツを一揃え、俺が準備する」

「え……」

俺様な言い方で、一方的に話し出す。

「俺の趣味で、俺が、お前に着せたい服を選ぶ。店も生地もシャツもネクタイも靴も、全部俺が決める」

呆気に取られた夕侑に、素っ気なく言い放った。

「だから黙ってそれを着ろ。いいな」

押しつけるような命令口調だったけれど、お金のない夕侑には非常にありがたい話だ。

「はい……。ありがとうございます」

お祝いならば、断るのは失礼にあたるだろう。それにスーツをプレゼントされるのはすごく嬉しい。

「うん」

夕侑が驚きつつ礼を言うと、獅旺も自分の提案が通ってよかったという顔で微笑んだ。


そして翌日、ふたりは車で都心に出かけた。

朝から雲ひとつない晴れ空が広がり、夕侑の気持ちも明るくなる。きれいにしたトレーナーを身に着け、いつものコートを羽織って獅旺と一緒に出発した。

車はまず、都内一等地にある繁華街へと向かった。獅旺は商業ビルが建ち並ぶ一画にある立体駐車場に車をとめると、歩いて近くにある一軒のテイラーに入った。

三階立ての小さなビルは、外壁が煉瓦の洒落た店構えで、ショーウインドウにはいかにも高価そうなスーツが数点飾られていた。

「いらっしゃいませ。御木本様」

「やあ久しぶり」

出迎えた顔なじみらしい壮年の店員に、獅旺がかるく挨拶する。

店内にはずらりと生地の並んだ棚があり、それが天井まで届いていた。奥には大きくて艶々としたカウンターがひとつと、その前に革張りのソファセットがおかれている。

夕侑はこんな高級な店に入ったのは初めてだったので、目を丸くしてあたりを見渡した。

「ここは、俺の祖父の代から通っている店だ。色々と融通が利くし、気を遣わなくていいから楽なんだ」

「そうなのですか」

てっきり紳士服の量販店にいくものとばかり思っていたので、予想外の展開に驚く。

「彼に一着仕立ててもらいたいんだが、できるだけ早く仕あげて欲しい」

「かしこまりました。ではフルオーダーではなく、イージーオーダーで？」

首からメジャーと身分証をさげた店員が聞いた。

「初めてだから、それでいいか」

「では、こちらにどうぞ」

案内されて、獅旺と一緒にソファに腰かける。店員がカタログや生地見本を出してきて、あれこれ説明し始めるが夕侑にはよくわからない。だから黙って話を聞いた。

獅旺は俺が決めると宣言したとおり、話をどんどん進めていく。雰囲気はどんなものを、着用シーンは、生地はボタンは、デザインはどれをお好みで、と聞かれて迷いなく答えていた。

元々決断は早い人だし、何よりこういう店にも慣れている様子が見て取れる。そんな姿を尊敬の眼差しで見つめた。

話が終わると、次は採寸に移った。夕侑だけが別室に案内され、身体中の細かな点まで測定される。メジャーで測られるのはちょっと緊張した。

「では仮縫いはございませんので、仕あがりましたらこちらからご連絡さしあげます」

「わかった」

注文がすむと、獅旺が控えを受け取って店を出た。夕侑は始終呆気に取られたままで、何もかもがあっという間に終わってしまった。

「本当はフルオーダーで作ってやりたかったんだがな。仕方がない。次はちゃんと注文しよう」

車に戻りつつ獅旺が話す。

「はあ」

オーダーの種類も知らない夕侑は、ただうなずくしかなかった。テイラーで注文して作ってもらうこと自体初めての経験で、お金持ちの人はこんな風に服を作るのかと感心するばかりだ。獅旺のクローゼットを思い返せば、あそこには質のよさそうな服が並んでいた。自分の古着とは大違いだった。

本当に、この人とは生まれも育ちも全く違う道を歩んできたんだなあと痛感する。

車に戻ると、獅旺は駐車場を出て、今度は都心から少し離れた場所にある大型量販店に向かった。

夕侑はよく知らなかったが、彼によると北欧生まれのそのメーカーは、家具から生活用品、そして雑貨に衣類も揃った最近流行りの店だという。

三階建ての広い店舗に到着すると、獅旺はまず入り口のマップを確認しながら言った。

「文具がいくつか欲しい。それからリビングにクッションも買おう。あと、キッチン用品も増やしたいが、それは後だな」

「一度に全部は買えませんね」

「まあ、順番に探していこう」

「はい」

午前中は家具や文具を購入し、いったん車に積みこんで昼食にする。午後になると今度は台所用品を見にいった。

「皿とボウルがもう少し欲しいな」

「そうですね。最近料理のレパートリーも増えてきましたし」

いくつも並んだ商品棚をいったりきたりしながら、必要なものをカゴに入れていく。

「サラダ用にこの皿はどうだ?」

「いいと思います」

中皿を何枚か吟味していたら、後ろから声をかけられた。

「あれ? もしかして御木本?」

振り向くと、男女五人の集団がこちらを見て驚いている。皆獅旺と同じぐらいの年齢で、カジュアルだが上品な恰好をしていた。うちふたりの女性は、きれいに化粧もしている。

「まあ、偶然ね。御木本くん」

「どうしたんだい、こんなところで」

「やあ」

話しかけられた獅旺が鷹揚に挨拶をする。手にしていた品物を棚に戻しながら問い返した。

「そっちこそ、皆で揃って何してるんだ？」

「僕ら、ゼミの集まりの帰りでさ。これから僕のマンションで焼肉パーティでもしようかってことになったんだ。それでホットプレートを買いにきたってわけ」

どうやら彼らは、獅旺の大学の友人らしい。全員優秀なアルファ獣人なのだろう、五人とも高身長で容姿端麗、見るからにエリートという雰囲気に満ちていた。

「御木本くんも、一緒に参加しない？」

女性のひとりが声をかけてくる。会話の邪魔にならないように、夕侑は集団から一歩さがった。

それを目ざとく見つけた女性が、あら、という顔をする。

「そちらの方は？　……もしかして？」

五人の視線がこちらに集まった。

「ああ。俺の番相手だ」

獅旺が夕侑の肩を抱きよせ、皆に紹介する。

「まあ、そうなの」

「へぇえ。御木本はもう番を得たのか」

「見たところ、オメガのようだね」

アルファ獣人の興味津々な眼差しを浴びて、夕侑は戸惑いつつペコリと頭をさげた。

「じゃあ、それだったら番さんも一緒にどぉかしら。人数が多いほうが楽しいし、ねえ」

女性の提案に皆がうなずく。

しかし獅旺は「いや」と断った。

「今日はやめておく。まだ用事があるから」

「あらぁ、残念」

女性が明らかにガッカリした顔をした。

「そういうわけだから、またな」

手をあげて挨拶する獅旺に、友人らが口々に声をかける。

「ああわかった。またな」

「気が変わったらきてくれ。僕の家知ってるだろ」

「待ってるわね」

明るく去っていく男女に、夕侑はもう一度頭をさげて見送りをした。

「いかなくてよかったんですか」

彼らがいなくなってから獅旺にたずねる。

「構わないさ。いつも大学で会ってる連中だ」

棚に挟まれた通路を移動しつつ、獅旺は気のない返事をした。

「そろそろ会計を通すか。買い忘れはないか」

「あ、はい。えっと、そうだ、あとはたわしが必要です」

「たわし？」

「ええ。鍋を焦がしたときに、たわしで洗うとよく落ちるそうなので」

「ああ。そうか。まあ、また焦がすだろうしな」

獅旺は背伸びをして、並んだ棚を見渡した。

「あそこにあるな。じゃあ俺はたわしを買って、会計をすませてくる。お前はその辺で待ってろ」

「はい。わかりました」

獅旺が陳列棚の向こうにいってしまうと、夕侑は他の商品を見て彼を待つことにした。可愛いライオンのマグカップが目についたので取ろうとすると、棚の向こうから会話が聞こえてくる。

「たわしですって」

「信じられないわね」

顔をあげると、さっきの女性ふたりが話しているのが見えた。それにハッと顔を伏せる。向こうはこちらに気がついていない。

「御木本家の御曹司が、オメガに頼まれてたわしを探しにいくなんてありえないでしょ」

「ガッカリしちゃうわぁ」

ふたりは紙コップを選びつつ、不満げに喋っていた。

「御木本くんって、勉強もできるしスポーツも万能だし、いつも自信に満ちてて、そこが恰好よかったのに、番ができるとあんなに情けなくなっちゃうのね。あれじゃあパシリじゃないの」

「しかもあのオメガ、全然素敵じゃないわよ。全く彼に釣りあってないわ」

「御木本くんのこと狙ってたのになぁ。でもオメガの我が儘に言いなりになってる姿はみっともなくて、できれば見たくなかったわね」

「あーあ、あんな相手でも、オメガってだけでアルファは骨抜きにされちゃうのね。羨ましい話だわ。苦労もせず御曹司を手に入れられてさ。あたしもオメガに生まれたかったあ」

夕侑は床を向いたまま、瞬きもせずに話を聞いた。

足が震えてその場から動けなくなる。ふたりの言葉がナイフのように何度も心を刺してきた。

「ダサいオメガでも、運がよけりゃ玉の輿よね」

ひとりがそう言ったとき、近くで冷えた声がした。

「他人の番を悪く言うのは、人として最低だぞ」

ふたりがハッと息を呑む。夕侑も弾かれたように顔をあげた。

すると女性らの前に、獅旺が立っていた。

「み、御木本くん……」

「あ、あら、あたしたちは、その、別に……」

ふたりがオロオロして、言い訳を口にする。

「ごめんなさいね、悪気はなかったのよ、つい、ちょっと」

「言いすぎちゃったみたい。気をつけるわ」

「ああ。そうして欲しい」

獅旺が怒りを抑えた声で言うと、ふたりはそそくさとその場を去っていった。

彼女らが消えてから、獅旺はひとつため息をついて棚の角を曲がった。そして、そこにいた夕侑を見つけて目を見ひらく。

「いたのか」

話を聞いていたとは思っていなかったらしい。戸惑いの表情を浮かべた獅旺に、夕侑はとっさに口をひらいた。

「聞こえちゃいました。けど、大丈夫です。気にしてませんから」

心配をかけたくなくて、口角を大きくあげる。

「よく言われることなんです。オメガだからって批判されるのは子供のころから慣れてます。だから、これぐらいかるく流せますので、全然平気です」

つとめて明るく伝えるも、獅旺は顔をしかめた。

「そんなわけあるか。慣れる必要も流す必要もないだろ」

憮然とした表情で怒りをあらわにする。

「彼女らには、明日大学できつく言い聞かせておく。二度とあんなことが言えないように」

「え、いえ、大丈夫ですから」

獅旺の苛立ちに、夕侑はなだめるように慌てて言った。

「あれぐらい、大したことじゃないです。もう忘れました」

獅旺が彼女らに注意をして、それで級友との仲がこじれてしまったら大変だ。彼の評判も落ちてしまうかも知れない。そうなったら大学にも通いづらくなるだろう。

必死に押しとどめると、獅旺もこちらの心配を察したのか、怒りをしずめて言った。

「わかった」

そして夕侑の肩を抱きよせる。

「もう帰ろう。美味いケーキでも買って、嫌なことは忘れよう」

「はい」

獅旺がすぐに気持ちを切り替えてくれたことにホッとして、夕侑も安堵の笑みを浮かべた。

＊　＊　＊

その夜、ベッドの中で獅旺は夕侑を抱きしめて言った。

「あのな」

暗闇の中、力強い腕が夕侑の肩を包みこむ。

「俺と番ったことで、お前のことを何かと噂する奴が、これからも出てくるかもしれん」

「……はい」

「今日みたいに口さがない者も世間にはいるだろう」

「はい」

夕侑は小さく答えた。

「そういう奴があらわれたら、俺にちゃんと言うんだぞ。ひとりで我慢なんかするんじゃないからな。言えば俺がちゃんと相手を黙らせるから」

「獅旺さん」

「俺はお前を守るヒーローになるって決めたんだ。だから悪い奴は、俺が残らず倒してやる」

正義の味方らしい発言に、口元がほころぶ。

「……ありがとうございます」

広い胸に顔をうずめて答えると、やがて獅旺が静かな寝息を立て始めた。獣人の高めの体温は、守られているという安心感を与えてくれる。手も足も温まって幸せな気分になり、けれどそのうち、心の中には別の思いも生まれてきた。

それは、獅子族アルファの御曹司と番ったという責任感だ。

――たわしですって。

――信じられないわね。

女性らの言葉が耳によみがえる。

獅旺には忘れたと言ったけれど、夕侑の心には彼女らの言葉が深く刺さったままでいた。

――ガッカリしちゃう。あれじゃパシリじゃないの。

――オメガの我が儘に言いなりになってる姿はみっともなくて、見たくなかったわね。

「…………」

自分のことはどう言われようと構わない。仕方がないのだと諦めてもいるから。見た目が貧相なのも自覚がある。けれど、大好きな獅旺のことを悪く言われるのは耐えられなかった。

夕侑は闇の中、壁にかかったサニーマンの時計に目をやった。

この家には色々なところにサニーマンのグッズが飾られている。書斎にはポスターが、棚にはいくつものフィギュアが。それは彼がふたりの大好きなキャラであると同時に、憧れの存在でもあるからだ。

獅旺は番である夕侑を懸命に守ろうとしてくれている。サニーマンのように、できる限りの強さと優しさで。

彼は夕侑のヒーローだ。輝かしい太陽であり、誰からも愛されて尊敬されて、ほめられるのがあたり前の存在だ。

その人が夕侑のせいでガッカリされた上に、みっともないと陰口まで叩かれた。思い返せば手足が震えてくる。

自分がたわしを欲しいと言ったばかりに、彼はオメガの我が儘に言いなりになっている情けないアルファだと思われた。獅旺の気遣いが、彼自身の評判を落としたのだ。

自分が取りにいけばよかったのか。そうすればあの言葉は防げたのか。いや何より、自分の見た目と態度がまず彼女らを不快にさせたのだ。

だったら、どうすればいいのか。

オメガであること、獅旺の番になってしまったこと。その事実はもう変えられない。うなじを噛まれたから番契約の解消もできない。それ以前に、運命の相手なのだから離れるなんて不可能だ。獅旺はそんなこと許さないだろうし、自分だって彼なしでは生きていけない。

獅旺のそばにいて、彼の評判を落とさないようにするには。

「……それは、きっと」

多分、そのためには、自分がもっとしっかりする必要があるのだ。

獅旺に頼らず甘えず、自分のことは自分でして。服も新しいものを買って小ぎれいにして。我が儘を言っていると思われないように、自立したオメガになれば、そんな悪口は消えてくのではないか。

夕侑はそう考えた。

オメガのフェロモンにやられて骨抜きになっている御曹司アルファなどという印象は、彼に相応しくない。その噂を払拭するためには、自分自身が彼に依存しない生き方をしなければ。

元々、夕侑はそうやって生きていくつもりだった。オメガとして自立し、ひとりで生きていくつもりでいた。それが獅旺と知りあって番持ちになったのだけれど、以前からずっと持っていた信条を忘れてはいけなかったのだ。

「しっかりしよう……。迷惑かけないように」

夕侑は唇を噛みしめて、暗闇の中で気持ちを新たにした。

第三章

数日後、夕侑はため息をつきつつ駐車場の掃除をしていた。

アルバイトを始めて早十日。仕事にも慣れてきている。働くことは楽しかったけれど、この前の出来事のせいで少し落ちこみ気味だ。

周囲のゴミ拾いをして店内に戻ると、虎ノ介が話しかけてきた。

「なんか元気ないっすね、夕侑さん」

客も途切れた午後三時。虎ノ介はカウンター内で揚げ物を並べていた。もうすぐ学校帰りの高校生集団がやってくる。

「そうですか」

作り笑いを浮かべてやりすごそうとしたが、無理だったらしい。うまく笑顔が作れなかった。

レジ前に立つ夕侑に、虎ノ介が心配げな顔を向けてくる。

「最近、暇な時間になると塞ぎこんでますよ。あの獅子のカレシさんとなんかあった？」

「え」

鋭い指摘に、答えにつまった。

「あ、やっぱり」

誤魔化すこともできずシュンとなる。すると虎ノ介は太い眉をさげて苦く笑った。

「まあ、つきあい始めのカップルなんて色々あるからね」

と経験豊富そうな意見を言う。

「虎ノ介さんは番はいないんですか」

夕侑はレジ横の備品を補充しながら聞いてみた。

「あー俺はまだかな。今募集中」

「そうなんですか」

「恋人にするなら、いっぱい稼いでくれる美人がいいなぁ。優しくて頼りがいがあって俺を養ってくれて、そんで俺は音楽で生きていく」

勝手な妄想を語り始めたので呆れてしまう。

「でもやっぱり一番は、俺を愛してくれる人ですかね。運命の番じゃなくたってね」

「……運命の番、じゃなくても？」

「そ。それにはこだわらない。ベータでもいいし」

夕侑はぼんやりと相手を見返した。

「虎ノ介さんのご両親って、確か、アルファとオメガでしたよね」

「うぃ」

唸るような答えが返ってくる。

「それも、身分差があったって、この前言ってらしたはずですよね」

虎ノ介がチラと夕侑を見てきた。切れ長の二重から笑みが消えて、物思わしげな様子になる。

「夕侑さんの悩みは、そこ?」

図星を指されて、とっさに目を伏せた。

「……」

話していると客がやってきたので、レジに向き直る。会計をすませて客が出ていくと、虎ノ介はショーケースの周りを掃除しながら、独り言のようにポツポツ喋りだした。

「俺の母親は、田舎生まれの貧乏なオメガだったんすよ。十八のときに、金を稼ぐため都会に出てきて、夜の仕事、つまり水商売の職についたんです。まあ、一昔前のオメガなんてまともな職業にはつきにくかったっすからね」

こちらに大きな背中を見せたまま説明する。

「それで、働いてた店に客としてやってきたアルファのボンボンが母親を見そめて、バース性お決まりのコースでおつきあいが始まったってわけなんですよ」

黙って聞いている夕侑に、淡々と話し続けた。

「んで、俺ができちゃったんで、ふたりは番契約を結んだんですが、親父の家は厳格で水商売のオメガとの結婚を認めなかったんっす。なもんで母親は愛人におさまって俺を産んで、親父は別に家柄のいいアルファ女性を正妻にしたんです」

「え……」

「親父も母親も、最初はそれでもいいからって、つきあいを続けてたんすけどね、だんだん母親のほうが耐えられなくなって、精神的にまいっちゃったんです。それでまあ身体も壊しちゃって、俺が十三のときに病気になってそのままぽっくり」

「そんな」

虎ノ介は手元を動かしながら、何でもないことのように言った。

「母親は我慢してたんすよ。本当は結婚したかったのに、自分さえ引けば何もかもうまくいくだろうってね。耐え忍んで尽くす愛ってやつですか。昔の人ですからね、今はそんな愛し方流行らないけど。でもって親父は親父で、結婚できなくたって愛しあってれば番なんだって考え方で。そのすれ違いで、最後は好き同士のはずなのに喧嘩ばっかしてました」

夕侑は言葉を失った。

「結局、番になったって、考え方がお互い相容れなければ、うまくいかないってことなんすよねぇ」

虎ノ介はそこで話を区切り、天井を見あげた。しばし沈黙してから、こちらに顔を向ける。

そしてエッと目を剥いた。

「大丈夫すか、夕侑さん」

呆然となっている夕侑を見つけて、狼狽えながら顔を覗きこんでくる。

「すんません、話しすぎました」

「……いえ」

夕侑は視線を落として、小さな声で確認した。

「その、虎ノ介さんの両親は、運命の番だったんですか」

消え入りそうな問いに、虎ノ介が首をひねる。

「さあ、どうかなあ。母親は運命だって言ってたけど、俺にはわかんねえ。運命の相手なんて、俺もまだ会ったことないから」

正直な答えに、俯いたまま微笑した。

「そうですか」

――番になっても、考え方が違えば、感情もいつしかすれ違っていく。

虎ノ介の話が胸を圧迫する。

そんな未来を、夕侑は想像したこともなかった。

＊　＊　＊

終業時刻の十分前になって、そろそろ今日の業務も終わりだなと思いつつ、たばこの補充をしていると来客を知らせる入店音が響いた。

「いらっしゃいませ」

振り返って声をかけると、揃いのジャージを着た高校生がゾロゾロと入ってくる。

「え？」

その数三十人以上。一体何が起こったのかと目を見ひらけば、後ろで虎ノ介が呟いた。

「やベー。近くの高校で交流試合があったたな」

皆、大きなスポーツバッグを抱え、日に焼けた逞しい身体つきをしている。騒々しい声で会話しながら店内を歩き回り、思い思いにジュースを冷蔵庫から取り出したり菓子を選んだりし始めた。

「いつもより人数が多い。これはまずい聞いてねえぞ」

何がまずいのかと思ったら、ガタイの大きな高校生数人がレジにやってきて言った。

「から揚げ次郎、二十個ください」

「えっと、お時間かかりますが、いいですか」

虎ノ介が慎重に聞き返す。

「構いませーん」

高校生は全く気にせず答えた。

「あ、それとアメリカンドック十七本も。あと、から揚げカレー味も十五個お願いします」

「フランクフルト十本も」

「了解です」

いきなり注文が大量に入り、虎ノ介がその対応に追われ出す。手伝おうとした夕侑も、レジにきた高校生に呼ばれた。

「すいませーん、これ、お願いしまーす」

「はい、ただいま」

レジ前には列ができている。それを必死にさばいていたら、交代のアルバイト女性がやってきた。

「わ。今日めっちゃすごい」

挨拶もそこそこに、その子もレジをあけて応対する。しかし途切れることなく次々と学生はやってきた。色の異なるジャージの生徒もいるので、いくつかの高校がまざっているようだ。

来店してきた一般客も、高校生集団に目を丸くした。店の中も外も彼らの話し声で、騒々しいことこの上ない。

「夕侑さん、もうあがりの時間じゃない？」

虎ノ介に言われて時計を見ると五時をすぎていた。けれどこのてんてこまいな状況で、自分だけ帰るというわけにはいかないだろう。

「ええ。でも、僕があがったら大変ですよね。残って仕事しますから」

「ホントに？　そりゃ助かるわ。店長も今は出かけちゃってるしな。ありがと」

「はい」

「けど、カレシさん大丈夫？　外で待ってないすか？」

夕侑は首を伸ばして、店の外に目をやった。だが車どめはここからは見えない。

獅旺は多分、店内には入ってこないだろう。以前、虎ノ介と睨みあってから、いつも駐車場わきの車どめで待っている。

「この集団を見つけたら、仕方ないってわかってくれると思います」

「そうすか。ならいいけど」

ふたりとも忙しくて会話はそれきりになった。

レジ二台をフル稼働して、順番に会計をすませていく。あれこれ処理をして、目の回るような時間がすぎて、最後の高校生がジュースと菓子を手に店を出ていくと、やっと店内に静けさが戻ってきた。

「……ご苦労さんでした」

「無事にすんだようですね」

呆然としながら時計を見ると、六時をすぎている。

「あ、じゃあ、僕はこれであがらせてもらいます」

「ああ、お疲れ様。ありがとね、夕侑さん。店長に言って残業代つけてもらうからね」

「はい。ありがとうございます」

カウンター内を横切って、バックヤードに向かおうとしたら、虎ノ介が「む？」と眉をよせた。

「夕侑さん、発情《ヒート》きてない？」

「え？」

呼びとめられて夕侑はたちどまった。

「確かに、そうかな。何となく体温高めな気がするけど、忙しかったせいかと……え？　どうしてわかるんですか」

「匂いがするから」

「えぇ？　なんで」

番を得たオメガのフェロモンは、他人には匂わないはずなのに。

「いや、エロい気持ちにはなんないけどさ、香りだけは感じられる」

「そうなんですか」

初めて聞く話だ。

「きっと夕侑さんがヒト族だからだろうな。獣人より香りが強いんだ。だから、何となく甘い匂いがしてるな～と、それだけは嗅ぎ取れる」

「……」

「まあ、エロさはないから安心して。どっちかって言うと、焼肉食いたくなるような匂いだから」

「……焼肉」

どんな匂いが自分からしているんだろうと訝しがっていると、クラリと目眩を感じた。

「あ」

よろけた夕侑を、虎ノ介が支える。

「大丈夫っすか」

「やっぱり、発情みたいです。着がえてもう帰りますね」

フラフラと歩き出すものの、ドアのところでまた転びそうになる。

「やば。夕侑さん、俺、着がえ手伝いますよ」

「いえ。いいです」

「でも倒れそう」

夕侑は手を伸ばしてきた虎ノ介を、やんわりと拒否した。

「虎ノ介さんが、触ると、……その、虎アルファの匂いがついちゃうんで、そうすると、色々とまずいから」

だからごめんなさいと謝れば、虎ノ介が理由を察した顔になる。

「そうすか。わかりました。じゃあ、気をつけて」

「はい、すみません」

夕侑はひとりで更衣スペースにいき、制服を脱いだ。着がえている間にも体温があがっていく。

呼吸が荒くなり、下腹部がどんよりと重くなってきた。

「久しぶりの発情だな……」

帰り支度をしてバックヤードから売り場に出ると、皆に挨拶をして入り口に向かおうとした。ふらつく足取りに、見かねた虎ノ介がカウンターから追いかけてくる。

「外にカレシさんいるっしょ？　そこまで腕だけ掴んどくから」

夕侑の腕を取り、支えるようにして歩き始めた。

「あ……すみません」

頭もぼんやりしてきた夕侑は、悪いと思いつつ虎ノ介の好意に甘えることにした。

自動ドアをくぐって駐車場に移ると、いつも獅旺がいる車どめを見る。

「あれ？」

しかし、そこに彼はいなかった。

「どうしたんだろう」

「いないっすね」

「僕が出てくるのが遅かったから、先に帰っちゃったのかな」

「スマホ見てみれば？　連絡きてるかもよ」

「あ、はい」

ポケットからスマホを取りだして確認すると、やはりメッセージが届いていた。しかし内容は予想と違っていた。

「向こうもアルバイトが長引いて一時間遅れるから、先に帰っているようにと書かれています」

「そうだったんだ。じゃあどこにいるのか連絡取りあって迎えにきてもらえば？　時間的にもう近くにいるんじゃないの」

「え、ええ……」

けれど返事を打とうとした指先が、ふととまる。

——迎えにきてほしいと頼むのは、我が儘ではないだろうか。

そう思ったからだ。

まだ身体はさほど苦しくないし、家までは五分しかかからない。ひとりで帰ろうと思えば帰れる。

ためらう夕侑を、虎ノ介が不思議そうに見おろしてきた。

「どしたんすか？」

「いや。やっぱり、ひとりで帰ります」

「え？」

「帰れると思うから」

「ちょ、ちょまって」

虎ノ介が掴んだ手に力をこめる。

「ふらついてるじゃないすか。帰る途中に倒れたりしたらどうすんすか」

「多分、少しずつ進めば、大丈夫」

「じゃ、俺、送ってくよ」

「虎ノ介さんは仕事が」

彼はまだ就業時間内だ。

「店にはもうひとり残ってるから大丈夫」

夕侑はそれに首を振った。

「悪いです。迷惑かけられません」

「じゃあ、やっぱカレシさん呼ぶべきでしょ」

「……」

返答につまる夕侑に、怪訝な表情になる。

「なんで呼べないんすか。自分の番が発情起こしてんのに、普通ならすぐにでも迎えにくるべきでしょう」

「呼べばすぐにきてくれます。あの人なら」

「じゃ、なんで呼ばないの」

夕侑は少し考えて、けれどどう答えていいのかわからなくて黙りこんだ。熱で思考も散漫になり始めている。

「遠慮してんすか？」

ストレートな問いかけに、反射的に首を振った。しかし虎ノ介の言葉はあたっていた。

「おかしいっすよ、そんなの」

太い眉をよせて納得のいかない顔をする。

「自分でできることは、自分でしようと思ってるだけです」

「できてないじゃないすか」

その通りだった。

「抑制剤は？　飲んだら少しはおさまるでしょ」

「僕、抑制剤が効きにくい体質なんです」

「だったらなおさら、呼ぶべきですよ。何迷ってんすか」

きつい口調で言われて、夕侑はもうこれ以上虎ノ介にも迷惑をかけられないと思った。仕方なくスマホを持ち直す。

「わかりました。連絡入れます。すみません」

「俺に謝るこっちゃないけど」

震え始めた手で、獅旺にメッセージを送る。

『今どこですか？　僕は残業になって、たった今店を出たところです』

するとすぐに返事がきた。

『駅を出たところだ。じゃあ今からそっちにいく』

タイミングよく駅だったらしい。店は駅とマンションのちょうど中間地点にあるから、数分でここにこられるだろう。

「よかったじゃないすか」

メッセージの内容を虎ノ介に伝えると、彼も安心した顔になった。

「お世話かけてすみません」

夕侑は車どめに腰をかけて、少し休もうとした。

丸くてすべりやすいアーチ型のスチールに尻を預ける。しかし発情のせいか、ツルリとバランスを崩してしまった。

「あっ」

後ろに倒れそうになった夕侑の腕を、慌てて虎ノ介が掴む。

「ちょっ、大丈夫っすか」

身体を引っ張られて、今度は虎ノ介の胸に倒れこんだ。

「ご、ごめんなさい」

「いやいいけど。危ねえな」

「発情で、ふらついて」

「ああな」

そのとき、離れた場所から声がした。

「夕侑！」

振り向くと、獅旺が駐車場の向こうからあらわれる。

「獅旺さん」

虎ノ介は夕侑の腕を支えたまま、サッと身体を離した。しかし獅旺の目はそれを見逃さなかった。

不審げに目を眇め、大股で近づいてくる。

「発情を起こしてるじゃないか」

ふたりの前までやってくると、鼻に皺をよせて言った。

「あ、はい」

夕侑は赤くなり始めた顔で答えた。

「なのに残業を？」

「え？」

獅旺の言葉に目を見ひらく。隣に立つ虎ノ介も、ムッとした表情になった。

「そ、それは……」

うまく説明できないでいると、横から虎ノ介が言い足す。

「夕侑さんが定時であがろうとしたら、急に団体客がきちまって、あがるにあがれなくなったんすよ」

獅旺が虎ノ介に目を移した。

「だからって、発情を起こしたオメガを働かせていいものか。どの会社でも就業規則にあるだろう。

オメガの従業員が発情期に入ったら、すぐに業務から外して休憩などの処置をさせるようにと決められているはずだ。この会社はそうじゃないのか」

「そりゃ、そうはなってるけどね」

上からの物言いで指摘する獅旺に、虎ノ介も反論した。

「でも実際の現場じゃ色々あるでしょ。さっきはめちゃめちゃ忙しくて」

「それで無理をさせて、働かせたってわけか」

「獅旺さん」

夕侑が獅旺を押しとどめる。

「発情してることに気がついたのは、仕事が終わってからなんです。だから無理して働いたわけじゃないんです」

獅旺は夕侑の腕に目を移し、掴んでいる虎ノ介の手を睨みつけた。虎ノ介がそれに気づいて、そっと手を離す。

「獅子の兄さん」

虎ノ介も凄みのある声を出して言った。

「今こんなとこで言い争ったって仕方ないでしょう。夕侑さんも苦しそうだし、あんたも番のフェロモンにあてられて気が立ってきてる。早く帰って夕侑さんを楽にしてやったら？　それであんたも一発抜いて落ち着けよ」

からくいなす口調に、侮辱されたと感じた獅旺が怒りで目元を赤くした。しかし虎ノ介も負けてはいなかった。年齢では彼のほうがずっと上だ。その余裕で口角を不遜に持ちあげてみせる。

睨みあうふたりの背後に、獅子と虎の獣姿が見えるようだった。

間にはさまれた夕侑はどうしていいかわからず、視線をオロオロと彷徨わせた。その困惑を読んだ獅旺が、わずかに冷静さを取り戻して言う。

「帰るぞ」

虎ノ介を見据えたまま夕侑の腕を取る。

そして挨拶もせずに、その場を離れた。

＊　＊　＊

マンションに帰り着くまで、獅旺は無言だった。

夕侑の腕をきつく握り、黙々と歩いていく姿に不安を感じながらも何も言えず、だから黙ってついていく。

部屋に入ると、獅旺は玄関先で口を引き結んだまま、夕侑を抱きよせた。

そして首元に鼻先を埋めて、フェロモンを何度か嗅ぐようにする。雑事を追い払い、自分のオメガのことだけで頭を一杯にするかのように、その場で深い呼吸を繰り返した。

夕侑も相手の服の裾を掴んで、じっとしていた。

やがて、獅旺の身体から刺激的なアルファフェロモンが漂い出す。慣れ始めた獅子の、男らしくて官能的な香りだ。それを吸いこむと、夕侑の中からも日常が消えていった。心と身体が獅旺だけを求めて、快楽の泉へと沈んでいく。

「……夕侑」

甘くかすれた声でささやかれ、胸に痺れが走った。獅旺の両手が、夕侑の腰を抱く。夕侑も相手の頭を抱えて、栗色の髪の匂いに酔いしれた。少しの整髪料と彼自身のフェロモンがまざりあい、目眩を感じる。下肢が疼いて、肉茎が切なく軋んだ。

「獅旺さん」

ひとつになりたいと身体が望んでいる。早く、そうなりたいと心が震え出す。

獅旺が顔をずらして、夕侑にキスをする。自分もそれに応えて深く口づけた。力強い輪郭を描く顎を両手で包みこみ、大きく口をあけて相手を迎え入れる。互いの舌が絡まり、吐息が渦を巻いた。

「……ん」

じれったさに腰をひねると、獅旺の手が夕侑の服にかかる。

「ここで抱くぞ……いいか」

「はい」

シャワーとかベッドとか、考えるだけでもどかしい。それは獅旺も同じようで、夕侑のベルトに手をかけると素早く外してボトムを引きさげた。

「――あ」

下着も一緒に取り払われ、ふるりと揺れて性器が飛び出てくる。それは赤く張りつめ、先端はもう濡れていた。

恥ずかしさから及び腰になった夕侑を、獅旺は上がり框《かまち》の先にそっと仰向けに押し倒し、はいていたものを一気に抜き去る。服を床に放ると、獣の目になって床に膝をついた。

そうしてこちらを見おろしながら、自分のベルトを外す。ガチャガチャと大きな音を立てて前たてをひらき、中から熱く滾った自身の雄を取り出した。根元に瘤のついたアルファ特有の性器だ。それを手で掴み、大きさと太さを誇示するように上を向かせる。夕侑は淫らな期待に唇をわななかせた。

「足をひらくんだ」

獅旺が据わった目で命令する。優しさが影をひそめ、傲岸にさえ見える態度で冷たく言い放たれ、夕侑の中のオメガが次第に目覚めていった。

自ら足を広げ、膝を曲げて、隠された部分をあらわにし、迎え入れる準備をする。

淫猥な恰好をさせられていることに、羞恥はあっても屈辱は感じない。それは相手が自分の番だからだ。この人にだけは望まれれば何でもできる。尽くすことに抵抗はなかった。たとえ、相手の中に自分に対する不信感があったとしても。

ゆっくりと揺れる夕侑のペニスを、舐めるように上から下まで眺めて、獅旺が目を細める。それから視線を上に移していき、恥ずかしがる顔に焦点をあてた。自分のものを握ったままで。

頬がどんどん熱くなっていく。血のめぐりが早くなり股間が汗で潤んでくる。夕侑は強い眼差しに耐えられなくなって、両腕で顔を隠した。

足は大きくひらいたままで顔だけ隠しても意味がないとわかっているけれど、どうにもこらえきれなくなって嫌々をする。

すると獅旺は、しばし夕侑の痴態を堪能した後、片方の腿を掴んで、グイと押しあげると噤んだ場所に自身を突きあててきた。

「挿れるぞ」

灼熱が薄い粘膜をこじあける。

「――ァ」

小さな喘ぎがもれた瞬間、肉の凶器が身体の奥深くまで沈んだ。

「ぁ、はァ……ッ」

衝撃に顎を反らす。太い刃が中をこすりあげ、夕侑の快楽神経を激しく刺激した。

「ああ、……んぁ……」

内腿がブルブルと痙攣する。たまらず身をよじると、獅旺が夕侑の顔を隠していた手を掴んで退かした。

「ゃ、あ」

発情で濡れた後孔が、滑りをよくして相手を喜ばす。

「ん、クッ……」

獅旺も息をつめて小さく呻いた。自身を瘤の手前まで夕侑に埋めると、今度はそれをねっとりと引き抜く。そして逞しい胸を上下させて、呼吸を整えた。バーストを抑えようとしているのかも知れない。

アルファ獣人はオメガのフェロモンに呑まれると、理性をなくして獣化してしまう。それをバーストと言い、悪くするとオメガを行為の最中に抱き殺してしまうのだった。

獅旺はバーストを避けるために、動きを抑制しているらしい。それがわかって、夕侑も彼を煽らないように浅い呼吸を繰り返した。

すると獅旺がこちらに目をあげてくる。

「必要ないぞ」

口元をニヤリと持ちあげて言った。

「そんなことしなくても大丈夫だ。俺はバーストしたりしない。ちゃんと自分をコントロールできる」

荒い息を継ぎながらどこか余裕で笑う姿は、雄の魅力にあふれている。夕侑は胸がジンと疼いた。

「全部こっちに任せて、お前は好きなように感じてろ」

腰をゆっくり進め、また中に入ってくる。獅旺はつながった場所を見おろしながら、突きあげるように何度か抽挿した。

「さあ」

互いの息づかいと、挿入の卑猥な音が廊下に響く。

「……ん、ぁ……あ、はァ……も……」

条件反射でとじようとする足を、大きな手が阻んでさらに広げた。

「まだだな」

「……え？」

瞳をじっと覗きこんでささやく。

「まだ変わっていない」

「なに……が……ん、っ……」

腰を動かしたまま話を続ける。

「理性が残っている。オメガ性に乗っ取られたお前は、こんなもんじゃない」

「んっ……く……はァ」

「人が変わったように妖しくなるんだ。そうして俺だけを求めてくる」

「…………」

夕侑は自分が怖くなった。発情で淫奔になるのはいつだって抵抗がある。

「早くそうなれよ」

感じながら怯える夕侑に、獅旺が高慢に言い放つ。

「……いや」

唇を震わせると、抽挿が荒くなった。

「そうすれば、全部俺のものになる」

「あぁ……ッ」

「頭の中も、下半身も、俺で一杯になって、他のことは考えられなくなる」

すぎた快楽に、苦しくなって首を振る。

「そのときだけは、お前は、残らず俺のものだって信じられる。誰も入ってこられない関係になれるんだ」

獅旺の雄が硬さを増した。ぶつけられる激情に溺れそうになって大きく喘ぐと、そこに口づけられる。

「……ッ、はぁ……」

下肢は激しく揺さぶられ、舌でも深く犯されて、夕侑は相手の首にすがりついた。

獅旺の言葉が引き金となって、淫乱な自分が次第に顔を出してくる。普段は理性で抑えられているもうひとりのオメガが、解放されて淫らな翼を一気に広げた。

「ああっ、ああ、はァああっ……」

激しい快感が脳天まで突き抜ける。夕侑は全身がブルブルと震えて、何も考えられなくなった。

視界がぼんやりし始め、手足が蕩けていく。そそり立つ肉茎が意志を持って自分を支配する感覚に、抵抗することなく身を任す。

すると愉悦だけが自分にとって一番大切なものになる。

「……して」

もっと深くまで。こすって、抉って、激しく打ちつけて。バラバラになるまで。好きにしていいから。

「夕侑」

朦朧とする意識の中で名を呼ばれる。

「いいか」

低く艶めいた声がたずねた。

「……いい」

すごく。何もかもを忘れるぐらい。

「そうか」

満足げに答える相手も息があがっている。そうして夕侑をきつく抱きしめると、抜き差しを激しくした。

「ああっ……ァァ……はあッ、……ああ、いい、いいッ」

獅旺の首にしがみついて、快感に溺れる。気持ちよくておかしくなりそうだ。

「は……、やぁっ……も……」

ひらいた足のあいだで、性器が歓喜の雫を放つ。いつ達したのかも全然わからなかった。どろりと濡れた感触がして、それで際を越えたのだと知った。

肉茎がふたりの下腹の間で、ヒクヒクと跳ねる。けれど獅旺は動きをとめなかった。わかっているのだ。夕侑が一度達き始めたら、際限なく相手を求め出すと。

発情期が終わるまで、オメガは性欲をとめることができない。何度でも、何時間でも行為を続けたくて仕方がなくなる。まるで淫魔になってしまったかのように。

変わっていく自分に不安を覚えて、夕侑は番の首にすがりついた。

「し、獅旺さ……」

きつい快感に涙が浮かぶ。

しかし獅旺は、そんな番の姿に満足げだった。アルファの独占欲をむき出しにして、身体の中を意地悪くかき回す。

「あ……んぁ、ダメ……っ」

欲望をさらけ出すのは、まだ抵抗がある。こんな自分を見て軽蔑されないかと心配になるからだ。けれどそんな意志はすぐに吹き飛ばされて、あっという間に嵐にのみこまれる。乱れる夕侑を、獅旺は楽しむように苛んでから、最後に短く告げた。

「俺も達く」

ググッと腰を進ませ、俯いて歯を食いしばった。整った容貌が、快楽に歪んでいる様子はひどく卑猥だ。逞しい筋肉が波打って、感じていることを伝えてくる。

「ん……は、あぁ……っ」

夕侑は自分を満たす唯一のアルファに、尽きることのない愛と欲望と、そしてほんのわずかの求められすぎる不安を覚えながら、再度の際に身を任せた。

＊　　＊　　＊

フッと眠りから目覚めると、部屋の中は真っ暗だった。

カーテンの隙間から、ほんの少し見える空に星がある。今は夜のようだ。

横にはヒトの姿の獅旺が眠っていた。ふたりとも全裸で、より添い腕を絡めている。

発情期はまだ終わっていなくて、今は小休止の時間だった。身体は熱く意識もぼんやりしているが、さほど不快ではない。もう少しでこの嵐もすぎ去るだろう。

夕侑は熾火《おきび》のように疼く熱情を持て余しながら、隣の人に密着した。獣化していないので大好きな被毛がないのを残念に思いつつ、さらりとした肌を撫でる。

「……すりすりしたい」

そうしたらどんなに気持ちがいいだろう。

自分の胸や、下腹に内腿。皮膚の薄い場所を獅子の毛にこすりつけるのを想像するだけで、心地よさにうっとりとなる。特に下肢の敏感な部分をぼわぼわした毛で刺激されるともう、それだけで達きそうになる。こんなマニアックな趣味は昔はなかったのに、獅旺とつきあいだしてから覚えてしまった。

しかし本人には言えないので、夕侑はいつも獅旺が獣姿で眠っている時間だけ、そっと近づき裸体をくっつける。寝ているときは危険だから離れていろと言われているにもかかわらず、不埒な行為はやめられなかった。

獅旺はこのことを知らないし、もちろん明かすつもりもない。自分の被毛で番が自慰に似たことをしたがっていると知ったら、変態っぽい奴だと呆れるだろう。だから秘密にしていた。

「……はぁ」

熱いため息をもらして、獅旺の腕に額をこすりつける。

獣化して欲しい。獅子にも触れたい。たてがみに顔を埋めたいし、尾で背筋をくすぐってもらいたい。

「ん……」

小さな声をもらすと、それに気づいた獅旺が目を覚ました。

「どうした」

かすれ声でたずねてくる。夕侑は黙って相手を見あげた。口にできない望みを瞳に託して。

けれど獅旺は、ただ夕侑が抱いて欲しがっているだけと思ったらしい。顔をよせ、唇を重ねてきた。ゆっくりと差しこまれた舌先の優しさに、願いを呑みこんで相手に応える。

「そろそろ発情も終わりだな」

「ん、……はぃ」

「残念だよ」

獅旺が下生えをかき混ぜてささやいた。

「……ぁ、はふ……」

去っていく熱情を手元に引きよせるように、夕侑の雄を掴んで、また舌を絡める。

「……ぁ」

ただこれだけでも充分なのに、もっと別の形でも愛して欲しいと望むのはきっと我が儘なんだろう。

たくさんの愛を与えてもらっている身で、それ以上を欲しがるなんて。発情に振り回されるオメガだって、これくらいは自制できる。

夕侑は深くなるキスに、自分を戒めて目をとじた。

＊　＊　＊

次に目を覚ますと、部屋には明るい陽が差しこんでいた。

ベッドにいるのは夕侑だけで、上がけがきちんとかけられ身体もきれいになっている。

そして発情期も去り、頭もスッキリしていた。

首を巡らせてサニーマンの時計を見あげると、針は十時を指していた。上体を起こし、ベッドをおりようとして、今日は何日だろうかと急に心配になる。脇のテーブルに夕侑のスマホがおいてあったので、手に取ってカレンダーを確認すると、帰宅してから三日たっていた。

ほとんど記憶がないのだが、あれからずっと発情期をすごしていたのだ。

「……………まずい」

アルバイトを無断欠勤してしまった。夕侑は焦りながら店長に電話をした。

「もしもし、大谷です。あの、すみません、仕事を連絡なしに休んでしまって――」

『ああ。大谷くん。発情だったんだって。大丈夫だよ。御木本さんって方から連絡もらったから。オメガ従業員はそこのところちゃんと規定があるから心配しなくてもいいからね。発情期が終わったらまた連絡ちょうだい。シフト調整するから』

「はい……。わかりました。ありがとうございます」

電話を切って、ホッと一息つく。どうやら獅旺が連絡してくれたらしい。

裸だった夕侑は、クローゼットをあけて服を取り出した。それを着て寝室を出る。

廊下を通ってリビングの扉をあけると、キッチンテーブルに座っている獅旺を見つけた。勉強でもしているのだろうか、ノートPCを広げて難しい顔をしている。

夕侑は邪魔をしないようにそっとドアをしめようとした。その気配に気づいたのか、獅旺が顔をあげる。

「起きたのか」

「はい」

「身体の具合は?」

丸三日間、食事も睡眠もほとんどとらず抱きあった相手に、気恥ずかしさを覚えた夕侑は小さな声で答えた。

「大丈夫です。獅旺さんは」

「俺は何ともない。元気そのものだ」

獅旺は作業をやめて、椅子から立ちあがった。

「何か食べるか。腹が減ってるだろう」

「あ、はい。大丈夫です。自分でしますから」

「何言ってる。ふらついてるだろ」

獅旺は夕侑を支えて椅子に座らせた。

「さっき、近くのベーカリーにいって朝食にサンドイッチを買ってきたんだ。お前には食べやすそうなやわらかいものを選んできた」

「すみません」

「準備してやる。そこで大人しくしてろよ」

獅旺はキッチンに入ると、包装紙に包まれたパンとホットミルクを持ってきた。

「ありがとうございます」

卵とハムのサンド、そして夕侑の好きなフルーツと生クリーム入りもある。

「わぁ」

「それなら食えるだろ。ほぼ三日絶食状態だったからな」

「はい。美味しそうです。いただきます」

「うむ」

フルーツのサンドイッチから開封して一口かじる。苺やキウイの爽やかさとクリームの甘さが身に沁みた。

「すごく美味しい」

「全部残さず食べろよ」

「はい」

モグモグする夕侑をじっと観察しながら、自分はコーヒーを飲む。その姿を見ていて、夕侑は電話のことを思い出した。

「そういえば、お店に電話をしてくれてありがとうございます」

「ああ。あの日の夜に連絡を入れておいた。店長と話をしたが、あの虎から話は通っていたようだな。ゆっくり休めと伝言された」

「そうですか。迷惑かけずにすんでよかったです」

さっきの電話でも、店長はこちらの体調を気遣ってくれていた。親切な人なんだろう。

「オメガの雇用に関しては、区からも補助が出るからな。まあその辺の関係で対応も親切になるんだろう」

店長の態度が優しかったのもそのせいだというように、獅旺が素っ気なく言う。

そして夕侑が食事を終えるのを待って、自分も空になったカップをテーブルにおいた。

「夕侑」

真面目な顔つきになってこちらを見てくる。

「はい」

何だろうと、夕侑も包装紙を片づけていた手をとめた。獅旺はカップを両手で握ったり離したりしながら、しばし黙考した後、おもむろに口をひらいた。

「あの仕事は辞めろ」

「え」

いきなりの発言に、目をみはる。

「やはり環境がよくない」

「あの職場は、お前のためにならない。従業員の質もいいとは言えないし、業務に関してもだらしないところがある」

「……………」

それは虎ノ介のことや、発情期に残業したことについて言っているのだろうか。

「で、でも」

「お前にはもっと環境のいい職場を俺が用意する。たとえば接客がしたいのなら、知りあいの経営する上品なカフェテリアとか、ケーキが好きならば腕のいいパティシエがいるパティスリーとか。三つ星レストランのボーイとかでもいい。そういうところで、礼儀正しい従業員と一緒に働くべきだと思う」

「……」

言葉を返せない夕侑に、獅旺が続ける。

「お前は将来、俺の番として御木本の家に入り、一族の一員となる身だ。そういう人間なのだから、社会勉強をするにしても、ああいった場所ではなくもっとこれからのためになるところで働いてみるべきなんじゃないのか」

「御木本家の、……一員」

初めて聞く言葉だ。

「そうだ。そういうことを考えてみたことはあるか」

夕侑は瞳を伏せた。

将来のことは何となく考えてはいたが、現実感を持って向きあったことはない。新生活を始めて一か月。日々の暮らしに慣れるのに精一杯だった。けれど、御木本家の御曹司と番ったのだからその責任がないはずがない。

自分にはその覚悟が欠けていたのか。

獅旺はテーブルの上にあったスマホを手にした。それを操作しながら話をする。

「俺の親から連絡が入っている」

「えっ」

画面をスクロールして、何かを確認した。

「一度お前を家に連れてこいと、メッセージがきている」

「……そうですか」

獅旺の両親。

一度だけ、学園にいたときに、離れた場所からふたりを見たことがある。父親は威風堂々としたアルファ紳士で、母親は凜とした美しい女性だった。父親のほうはオメガに対してよい印象は持っていないようで、悪し様に貶された記憶がある。

しかしその後、獅旺が腐心して父親を説得し、今ではヒト族オメガの番にも理解を示し、つきあいには反対していないと聞いていた。

夕侑との番契約を認めてくれたのなら、早い内に訪問して挨拶をすべきだろう。もう一緒に暮らしてもいるのだし、遅くなれば礼儀知らずなオメガと思われてしまう。

「親父も忙しいからな。こっちの予定ともすりあわせて、そのうち会食でもしようと母に提案している。まあ、母のほうが早く会わせろとうるさいんだが」

「お母様も、僕がオメガということで、反対されていたんでしょうか」

「いや。母は親父に逆らうな、と言っていただけだ。親父が認めたのなら、それでもう反対はしていない。後は早くお前に会いたいんだろうな。自分の息子が見つけた相手だ。興味津々なんだろう。母親ってそんなもんだから」

「そうですか」

母親も、父親もいない夕侑にはイメージしづらいことだった。

しかし反対はされなくなったとしても、まだ安心はできない。御木本グループの総帥とその伴侶。ふたりとも優秀な獅子族アルファだ。そんな人たちと会って、自分のような立場の者が、受け入れてもらえるのだろうか。オメガということを抜きにしても、施設育ちで両親もいない身の上だ。御曹司には相応しくないと思われるかも知れない。

それを考えると、獅旺の言うとおり上流階級の人たちがいるような場所で社会勉強をしたほうが、少しでも彼のためになるのではないかと思われた。

「まあとにかく、話はそれたが」

獅旺がスマホをテーブルにおく。

「お前のバイト先は、俺が決める。俺の番に相応しい仕事場を用意するから。わかったな」

「……はい」

沈んだ様子になった夕侑に、獅旺は少し強引すぎたかという顔になった。しかし自分の意見を覆しはしなかった。

「あの、じゃあ、……新しい仕事場が決まるまでは、今のアルバイトを続けてもいいですか。いきなり辞めると、皆に迷惑がかかってしまうので」

「ああ、そうだな」

納得した顔でうなずく。

「では、そうします」

せっかく始めたバイトなのだし、すぐに辞めるのは残念だったが、獅旺が夕侑のことを考えてもっといい職場を準備してくれるというのなら、彼に従った方がいいのだろう。何より夕侑はまだ世間に慣れていないし、知らないことも多かったので、年上の知識豊富なアルファに反論できる要素などなかった。

そしてそれ以上に、獅旺は大好きな相手だったから、自分のすることで嫌われたくはないという思いがあった。

うなだれる夕侑の前で、獅旺がノートＰＣで調べ物をしながら何やら独り言をもらす。

「……俺の夕侑には、もっときれいな店が似合うはずだ。制服も上質なものを着せて……真っ白なシャツと黒のボトムにエプロンをつけさせて……周囲にはあんな虎じゃなくて、教育の行き届いたベータだけをおいて、送迎のできる場所にして……」

難しい顔で画面を睨む獅旺の呟きは、物思いにふける夕侑の耳を素通りしていた。

＊　＊　＊

翌日、発情期の終わった夕侑は、いつも通り出勤した。

商品棚の前に立ち、ハンディースキャナーを使って品出し作業を行う。少なくなった商品をバックヤードから出してきて、きれいに並べながら、出るのはため息ばかりだった。

仕事を辞めることを、まだ店長に伝えていない。始めたばかりなのにもう辞めたいとは言い出しにくくて、けれどいつまでも黙っているわけにもいかなくて、そのせいでため息が出るのだった。

空になったカートをバックヤードに戻してカウンターに入ると、虎ノ介に声をかけられる。

「夕侑さん、今日はまた一段と暗いっすね」

「そうですね」

自覚があるので否定はしない。

「どしたんすか」

虎ノ介の口調はいつも通りでかるく、だから夕侑もつい答えてしまった。

「僕、もしかしたらこの仕事、辞めるかもしれないです」

「え？　どして？」

身体を仰け反らせて大げさに驚く。相変わらず仕草がお笑い芸人のようだ。

「まあ、色々と、あって」

言葉を濁して答えるが、虎ノ介は原因を見抜いているようだった。

「あの獅子のカレシさんですか」

「……」

認める代わりに沈黙で答える。

「店長から聞いたんですが、あのカレシさん、御木本って名前なんですってね。御木本って言えばあの御木本商事とか御木本不動産とかの御木本さんですかね」

「そうです」

「まじっすかあ。めっちゃブルジョワジーじゃないですかあ。夕侑さんすっげぇ玉の輿じゃん」

悪気はないのだろうが、その言葉に敏感になっている夕侑は口元が引きつった。

そんな反応を見て、虎ノ介も失言と気づいたのか真面目な顔になって頭をさげた。

「あ、すんません。まあそうっすよね、相手がそんな金持ちだと色々大変ですよね。俺、母親で経験あるはずなのに、軽はずみなこと言っちゃいました」

「いえ。大丈夫です」

「で、やっぱ、カレシさんが、このバイトに何かクレームつけたんすか」

あたっているが、獅旺とのやり取りを他人に話すつもりはなかったので、微笑むだけにする。その苦い笑みを読んで、虎ノ介は色々と察したようだった。

「そうすか。そりゃあまあ、大富豪の番がコンビニの店員やってたら体裁も悪かろうに、ですかね」

「それだけじゃないんですけれど」

話していたら客が来店する。いつもこの時間にやってくる老夫婦だ。夫人のほうは車椅子で、それを夫が押していた。

夕侑と虎ノ介は、会話をやめて声をかけた。

「いらっしゃいませ」

夫婦は揃ってこちらに会釈を返し、惣菜のおかれたコーナーに向かっていった。棚を見ながら仲よく話をしているのが、こちらにも聞こえてくる。

「昨日はお魚だったから、今日はお肉にしようかしらね」

「そうだなあ、わしはどっちでもいいがな」

と相談しつつ品物を選んで、店内を一周してからレジ前にきた。

夕侑がレジを通し、出されたエコバッグに虎ノ介が商品をつめていく。いくつかの惣菜とパン、それにカップ酒が一本。

「この酒うまいっすよね」

虎ノ介が男性に声をかけた。常連なので時折こうやって会話もする。それに男性が笑った。

「わしゃ下戸だ。飲むのはこっち」

と夫人を指差す。

「あらいやだ」

女性が恥ずかしそうに口元を隠した。

「そうっすか。奥さんが酒豪なんすね。そりゃあいいや」

差し出されたバッグを男性が受け取って、「今夜も宴会じゃよ」と笑いながら店を出ていく。夕侑も微笑みながら後ろ姿を見送った。

「また俺、失言しちゃった?」

たずねてくる虎ノ介に、首を振る。

「そんなことないと思います」

「ならいいけどな。もうこなくなったらどしよ」

と話していたら男性が戻ってきた。なぜか慌てた様子で手招く。

「おい、兄ちゃん、大変だよ」

「なんすか」

「駐車場で、狐と犬が喧嘩しとる」

「ええっ?」

夕侑と虎ノ介は急いで外に飛び出した。すると、駐車場でふたりの青年が掴みあいの諍いをしていた。ふたりとも派手な身なりで、髪は金色と銀色だ。

「何なんだよてめえは」

「はあふざけんな」

「ぶつかったら謝れよ」

「ちょっとかすっただけだろが」

青年らはそれぞれ耳と尾が出ていた。興奮したため半分獣化しているらしい。大声で怒鳴っているので、通行人にも迷惑だ。

「どこのヤンキーだ。昼間っから」

虎ノ介がドカドカと進んでいき、ふたりの間に割って入った。

「すんませんがね、店の前で喧嘩はやめてもらえませんか」

ガタイの大きな虎ノ介が仲裁に入って押しとどめるも、言い争いはとまらない。

「テメー、犬っころの分際でうぜーんだよ」

「なにを狐ごときが」

お互い牙を剥いて威嚇しあう。

虎ノ介はうんざりした顔で、「しょうがねえな」と呟くと、いきなり虎のオーラを発した。目が妖しく光って、顔つきが獣のようになる。

「ガオオオゥッ」

と、大地を揺るがす声で吼えれば、ふたりの動きがピタリととまった。

「いい加減にしてくれませんかね。迷惑っすよ」

低い声で凄む虎に、狐と犬の獣人がすくみあがる。ふたりとも尻尾をピンと張って青い顔になった。

「喧嘩は他でやってくれ」

と注意すると「……はい」と大人しくなる。そうしてすごすごと帰っていった。

「全く人騒がせなガキどもだな」

フンと鼻を鳴らした虎ノ介からは、獣の耳と尾が出ていた。

「虎ノ介さん、出ていますよ」

夕侑が指摘すると、「お。いけね」と言って仕舞う。

「いやあ虎はやっぱり迫力があるなあ」

とそばで見物していた老夫婦が手を叩いた。

「あ。どうもすんませんでした」

虎ノ介はそれにペコリと頭をさげて、夕侑と共に店内に戻った。

「すごいですね、虎ノ介さんが怒ったらあっという間に喧嘩がおさまりましたよ」

「まああれぐらい、かるいもんだ」

どうってことないという顔で、カウンターに入る。

「夕侑さんもビックリしただろ」

「あ、いえ。大丈夫です」

「夜は騒ぐ不良もいるんだけど、昼間に出るのは珍しかったな」

虎ノ介は手を洗うと、レジ裏でホットスナックの準備に取りかかった。もうすぐ昼時なので商品の補充をしなくてはならない。夕侑もレジにくる客に目を配りつつそれを手伝った。

色々な業務もだいぶ慣れ始めている。レジの応対や宅配の手配、収入印紙にたばこの販売。どれもう、虎ノ介の手助けなしでこなせるようになっていた。

せっかく覚えたのに、このまま辞めてしまうのはもったいないなと考えて、夕侑はふと、自分はこの仕事を思った以上に気に入っているのだと気がついた。

「………」

冷凍のから揚げが入った袋を破きながら、物思いにふける。

コンビニの店員は、御曹司の番には相応しくないかも知れないが、自分は好きだ。

初めて自分で決めた仕事だったし、毎日色々な人に出会えるのが楽しい。普通の高校生や車椅子の老夫婦、そして昼間から喧嘩をするような派手な服装の若者には今まで接点などなかった。そんな人たちと触れあえるコンビニ店員は、とても刺激的な仕事だ。

失敗したり、さっきのような突発的な出来事もあるけれど、日々充実している。だから、できれば辞めたくないのだった。

「夕侑さん、それバスケットに入れて」

「あ、はい」

言われたとおり、金属のカゴに凍ったから揚げを入れる。

「ちょ、それ入れすぎ」

「あっ、ごめんなさい」

ぼんやりしていてミスをする。

「大丈夫？　らしくないっすよ」

「はい、すみません」

量を調節して入れ直すと、それを虎ノ介がフライヤーに入れた。タイマーをセットしてからこちらに向き直る。

「さっきの話だけどさ、夕侑さんはここのバイト、本当は辞めたくないいんじゃないすか？」

「え？」

思っていたことをあてられて目をみはった。

「そんな感じするから」

「……」

「辞めたがってる奴は、だんだん仕事に後ろ向きになってくんすよ。それですぐわかるけど、夕侑さんはそうじゃないから。頑張って色んなことこなしてるし。だから本心は辞めたくないいんじゃないかなって思って」

「そうですね」

夕侑は正直に認めた。

「できれば、続けたいけれど。それも難しいみたいで」

「難しいの？」

「はい」

「なんでまた」

理由を聞かれて押し黙る。言ってしまえば愚痴っぽくなりそうで、それを他人に聞かせるのには抵抗があった。

「言えないんですけど」

ごめんなさい、と謝る。無理に笑顔を作ってその場をやりすごそうとしたら、虎ノ介が眉を八の字にさげた。

「まあ、色々あるわな」

理解を示す表情になる。

「獅子のカレシさんには、そのことちゃんと伝えた？」

「え？」

「夕侑さんが、仕事辞めたくないって思ってるってこと」

「それは……」

まだ伝えていないし、うまく伝えられそうもない。

「夕侑さんは、あのカレシさんに遠慮してんだな」

「そうでしょうか」

「自覚ない？」

自分では割と、言いたいことは言っているつもりだったので首を傾げた。このアルバイトをしたいとお願いしたのも自分からだったし、他にも獅旺は夕侑の願いは大抵聞いてくれる。こちらが間違っているようなときだけ、彼は訂正を入れてくるのだ。――と、思っている。

「やべ、自覚症状ないんだ」

そのときタイマーがベルを鳴らしたので、虎ノ介はフライヤーを操作して、から揚げを揚げ油から持ちあげた。それをひとつずつ包装紙に入れていく。

「あのさ、俺さ」

夕侑はレジ横のショーケースからトレーを取りだして手伝いをした。彼の横で、トレーに残っていた揚げ物の屑をゴミ箱に捨てる。

「はい」

「夕侑さんを見てるとさ、なんか、母親思い出しちゃうんだよね」

トレーを掃除する手がとまった。

「言いたいことが言えずに我慢して、それで親父とすれ違って、最後は別れることになった母をさ」

虎ノ介はこちらを見ずに話した。

「立場とか、性格とか、種族とかで価値観の違いとかどうしても出てきちゃうだろうけど、それが積もってくといつか修正きかなくなるときがくるから。そこんとこ、注意しといたほうがいい」

「じゃあ、どうしたらいいんでしょう」

虎ノ介は、夕侑に視線を移した。

「話しあうことさ。とことん。お互いうんざりするぐらい」

「うんざりですか……」

獅旺にそんな顔されたくないなと、反射的に思ってしまう。それが面《おもて》に出たのか、虎ノ介が仕方なさそうな表情になった。

「まあ、どっかデートでもしてきたら？　休日に広いところにいって。海か森か、そういうとこに。獣人は走らせれば機嫌よくなって、人の話も聞くようになるから。そんときに思ってること打ち明けてみたらいいんじゃないの？」

　夕侑の持つトレーに、揚げたてを並べる。そうしてまた次のから揚げを揚げ始めた。

　ショーケースに戻ってトレーを収納して、獅旺と出かけるとしたらどこがいいだろうと考える。そんなことを思い描くと、気分が少し上向いてきて、夕侑は虎ノ介に感謝したい気持ちになった。

　商品の補充をしているうちに、昼食を買い求める客がちらほらとやってくる。いつものように忙しい時間が始まり、ふたりともその対応に追われた。

「大谷くん、昼休憩いってきてくれる？」

　午後一時半をすぎて、客の波も引いて手薄になったところで、事務スペースから店長がやってきて言った。

「あ、はい。わかりました。じゃあ、お先に失礼しますね」

「ほい。いってらっしゃい」

　夕侑は、皆に断ってからバックヤードに向かった。

　休憩スペースのパイプ椅子に座り、ミニリュックから弁当と水筒を取り出す。朝握った梅とおかかのおにぎりを食べて休んでいたら、スマホが着信音を鳴らした。

　何だろうと見れば、メッセージが一件届いている。相手は夕侑が以前入所していたオメガ専用児童養護施設、明芽園《めいがえん》の施設長である土橋《どばし》からだった。

『大谷くん、元気ですか』

　という挨拶で始まるメッセージには、園の近況と、新生活が落ち着いたら一度、報告も兼ねて遊びにきて欲しいという内容が記されていた。

「そうだった。一回挨拶にいかなきゃ」

　夕侑は十五歳になるまで、明芽園で暮らしていた。その後は王森学園の寮に移ったので園は出ていたのだが、学園在籍中も施設には何かとお世話になっていた。それもあって、一度きちんと現状を報告せねばと思っていた。

　明芽園は山梨にある。都内からだと車で二時間くらいだろう。

「さっき虎ノ介さんも、デートにでもいってきたらって勧めてくれたし。獅旺さん、誘ったらきてくれるかな」

　梅おにぎりを頬張りながら呟く。

　施設長からのメッセージには、番になった相手も一緒に遊びにきて欲しいと書かれている。

　夕侑は、帰宅したら獅旺を誘ってみようと考えた。

第四章

「お前の育った養護施設に訪問を？」

その夜、ふたりで夕食をとっているときに、夕侑は昼間の話を切り出した。

「はい。一度顔を見せにきて欲しいと、施設長の土橋さんからメッセージが届いていて」

今夜のメニューはパスタとサラダ、それにフォカッチャだ。パスタはアラビアータとボンゴレの二種類。いつもふたりで協力して作っているので、少しずつ腕もあがってきている。

「よかったら獅旺さんも一緒にと誘われているのですが。無理なら僕ひとりで出かけてきますけど」

「いや一緒にいく」

間髪入れずに答えがくる。

「そうですか。だったら嬉しいです」

賛成してもらえて笑顔になった。獅旺は同行は当然という顔でビールを手にする。そしてふと、思い出したように言った。

「施設は山梨にあると言ったな。なら、ついでに森林庭園にもよるか」

「森林庭園？」

「ああ。獣人のために作られた広い庭園だ。以前はよく家族でそこにいって、日がな一日走ってすごしたもんだが、最近は利用してなかったからな」

「そこは普通の公園とは違うんですか」

獣人の運動のために作られた公園は、都内にもいくつかある。

「森林庭園は会員制になっていて、会員権がないと使えない。まあ言ってみればゴルフ場みたいなもんだな」

「なるほど。一般の公園は無料ですからね」

「夕侑はヒトだから走り回れないが、ラウンジからの景色もいいから、ゆっくりすごせるだろう」

「はい、楽しみです」

ふたりで出かけて、広いところでゆったりできれば、アルバイトの話もうまくできるかもしれない。

夕侑は週末の遠出に期待を膨らませた。

そして土曜日、夕侑と獅旺は車で朝早くマンションを出発した。山梨の街外れにある明芽園までは、高速道路を使って二時間ほど。空も晴れ、天気予報では夜まで快晴と出ていた。

「途中で手土産を買おう。俺が買うからな。何を持っていったらいい?」

ハンドルを握った獅旺が聞いてくる。

「そうですね、うちの施設は二歳から十五歳までの子供が四十人ほどいますから、子供が喜ぶものを……」

首を傾げつつ、自分だったら何が嬉しいか考える。

「皆でわけられるのなら菓子がいいか。職員もいるだろう」

「お菓子やケーキは嬉しいですね」

「じゃ、途中でどこかによろう」

運転する獅旺もどこか楽しげだ。

高速道路をおりて、途中で街中《まちなか》のデパートによることを決める。コインパーキングに車をとめて歩いていると、商店街の果物屋に目がとまった。

「獅旺さん、果物でもいいかもです」

「果物？」

夕侑が声をかけると獅旺が立ちどまる。

「はい、果物は高価で、なかなかおやつに出ないんです。ケーキやお菓子はイベントのときに配られますが、果物はバナナや缶詰ぐらいしか食べたことがありません」

果物屋の店先には、色とりどりのフルーツが並んでいた。

「昔、一度だけメロンを寄付されて食べたことがあるんですが、みんなすごく喜んで、僕も記憶に残っています」

「メロンか。なるほど。子供が好きそうだな」

獅旺は率先して店に入っていった。そして店内をぐるりと見渡す。

「いらっしゃいませ」

店員が奥から出てきて声をかけると、獅旺は棚のメロンを指差して夕侑に聞いた。

「あれでいいか」

「はい。あれだと大喜びです。お願いしてもいいですか」

「いいに決まってるだろ。しかし数が四個しかないな」

「そうですね」

話を聞いていた店員が申し訳なさそうに言う。

「すみません。今日は四個しか入荷してなくて」

「四十人に四個だと、ほんの一切れしか食べられないぞ」

「それでも嬉しいです」

「ふむ」

獅旺は他の果物に目をやった。

「あれはどうだ?」

示したのはさくらんぼだ。ちょうど旬らしい。箱づめされたものが十箱ほど積まれていた。

「さくらんぼですか！　そんな高級品はダメですよ」

夕侑は大きく首を振った。

「どうしてだ」

「だって、高価だからです」

さくらんぼなどというレアな果物は、夕侑だって食べたことがない。金額が心配だ。

それに獅旺がこともなげに言った。

「構うもんか。これなら一杯入ってるから適当にわけられるだろう」

「そ、そうですけれど」

「メロン全部と、さくらんぼ全部、贈答用に包んでくれ」

驚く夕侑の横で、即決して店員に注文してしまう。

「ぜ、ぜんぶ……」

「ありがとうございます」

呆気に取られている間に、高級果物が店員の手できれいにラッピングされていく。

手渡されたとき、夕侑は放心状態だった。

「こんなすごいお土産……子供たちビックリして大騒ぎになりますよ」

手にしているだけでドキドキするような、素敵なお土産だ。

「お前を見てればわかるよ」

獅旺が苦笑した。

「ありがとうございます。獅旺さん」

夕侑が頬を紅潮させて礼を言うと、獅旺も満足そうにする。そうしてふたりで荷物を抱え、駐車場に戻り、また出発した。

二十分ほどして、車は街の外れにある大きな建物にたどり着いた。

「ここか」

「はい」

車をおり、ふたりで『明芽園』というさびれた名板のかかった鉄筋の三階建てを見あげる。築四十年以上の見るからに古い建物は、夕侑が三年前ここを去ったときから全く変わっていなかった。

さびの浮いた門扉を、大きな音を立てて引き、中に入ると園庭で遊んでいた子供たちがいっせいに振り返る。

「あっ、夕侑ちゃんだ！」

「夕侑ちゃんだぁ！」

小さな子らが、ペンキのはげた滑り台やブランコから飛びおりてこちらに駆けてきた。

「夕侑ちゃん、どしたの？」

「お久しぶりぃ」

「何しにきたの？」

足元にまとわりつく子供たちは、小学生と保育園児だ。今日は休みなので、皆で遊んでいたらしい。

「久しぶりだね、みんな元気だった？」

「うん！　元気」

小さい子供はまだうまく変身できないので、耳や尾が出たままの子もいるし、獣姿の子もいる。

小学生は夕侑と面識があるが、保育園児は夕侑のことを知らない子も多く、キョトンとこちらを見あげてきた。そして夕侑の横にいる大柄な獣人に目を移すと、全員が不思議そうな顔になる。

「……この人、誰？」

「おっきいね」

「なんか、こわい……」

アルファ獣人の放つオーラに、皆が警戒した。夕侑は子供たちを怖がらせないように優しく言った。

「この人はね、僕の番になってくれた人なんだよ。御木本さんっていうんだ。とっても優しい人なんだよ」

「つがい？」

小さな子は、バース性についてまだよくわかっていない。だから別の言葉で説明した。

「そう、僕の一番大切な人なんだ」

「へぇ……。大切な人」

子供たちの目が興味に変わる。キラキラした瞳になって、獅旺を見あげてきた。それに獅旺がぎこちなく微笑む。

「あら、夕侑くん！」

子供たちが集まっているのに気づいた女性職員が、園舎の入り口から声をかけてきた。

「こんにちは、ご無沙汰しています」

頭をさげて挨拶すると、職員が手を振って言う。

「ちょっと待ってて、園長先生に知らせてくるから。中に入って入って」

「はい」

園長先生とは、施設長の土橋のことだ。ここではそう呼ばれている。

夕侑と獅旺は、土産の果物を手に玄関から建物に入った。六畳ほどの玄関ホールには、子供たちが描いた絵やお知らせなどが貼ってある。それを微笑ましく眺めていたら、奥の部屋から土橋が出てきた。

「やあ。夕侑くん、久しぶり」

土橋は五十すぎのイタチ族ベータで、小柄でせかせかした性格をしている。がに股気味の足を繰り出して、笑顔でこちらにやってきた。

「こんにちは、園長先生。メッセージをありがとうございました」

挨拶すると、手を振って答える。

「いやいや。顔が見られて嬉しいよ。きてくれてありがとう」

「皆さんお変わりなくてよかったです」

「ああ。ここは相変わらずだよ」

そして隣の獅旺に目を移した。

「こちらが、夕侑くんの？」

「はじめまして、御木本獅旺と申します」

獅旺が礼儀正しく頭をさげて挨拶をする。

「おおそうか、そうですか。あなたが御木本グループの後継者である御木本獅旺さんですか。はじめまして、私は土橋と申します。この度は、番成立おめでとうございます」

土橋は丸顔に満面の笑みを浮かべて、深々とお辞儀を返した。

「では、立ち話もなんですから、どうぞこちらに」

と案内されて、園長室に向かおうとする。

「あ、園長先生、これ、子供たちへのお土産です。おやつに出してあげてください」

ふたりで手にさげていた果物を渡すと、土橋が大仰に驚いた顔をした。

「おおこりゃあすごいな。豪勢な果物だ。おい、きみ」

離れたところにいた女性職員を呼びとめる。

「これ、御木本さんからのおみやげ。食堂に運んでおいて。それからふたりにお茶を」

「はい。あらあら、これはすごいですね。ありがとうございます。子供たちも喜びます」

職員は笑顔で受け取って、廊下をいそいそと去っていった。

夕侑たちは園長室に入り、勧められた応接セットに並んで腰かけた。しばらくすると職員がお茶を運んでくる。彼女が去ると、対面に座る土橋はゆったりとソファの背に身を預け、しみじみと呟いた。

「いやしかし、驚いたねえ。きみが御木本家の御曹司と結ばれるなんて。これは奇跡に近いんじゃない？　他の卒園者と比べて断トツにラッキーだったんじゃないの」

土橋は昔から言葉を飾らない性格だった。何事もはっきりと悪意なく口にする。自分や園の皆はもう慣れていたが、獅旺はどう思うかな、と夕侑は少し気になった。

「はい、大谷くんと出会えたのはとても幸運だったと思います」

しかし獅旺は鷹揚に微笑み、大人な対応で土橋に答えた。

「そうですか。そりゃあ本当によかった。いやあ、なんせオメガってのは、厄介でしてねぇ。私も、この仕事についてもう二十年近くになりますが、ちゃんとした番を見つけて無事に普通の生活を送れるようになった子なんて、ほんの一握りなんですよ。ほとんどは番なしのまま夜の仕事に身を落としたり、番を見つけても相手がろくでもない奴で不幸になったりとかの問題が後を絶たないんです。まあ、施設出身なんてのはそれだけでハンデを負った状態ですから仕方ないんですけどね」

そして夕侑を見て言う。

「この子の同年代も、不幸な事故に巻きこまれたり、卒園後は行方知れずになったりする子が多くてですね。追跡して世話をしてるんですが、いやどうにも、発情があるせいで普通の暮らしをさせるのも難しいという状況なんです」

夕侑はそれに目を伏せた。

「しかし、夕侑くんはそんな中でも優秀でしてねえ。幼いころから勉強熱心で、年下の面倒見もよく性格もしっかりしていました。本当にこの園の期待の星だったんです。そんな子が御木本家の御曹司と結ばれるとは、きっとこれも日ごろの行いの結果なんでしょうなあ」

アハハと大口をあけて笑う土橋に、夕侑と獅旺も礼儀的な笑みを返す。

「まあとにかく、この園では健全なオメガの育成を教育理念に掲げて、私は先代よりこの仕事を引き継ぎ、日々子供たちの幸せのために働いているというわけなんでして」

と、土橋はそれから自分の仕事を蕩々と語り、ふたりが解放されたのは三十分ほどしてからだった。

「では、よかったら園内を見学していってください。夕侑くんも懐かしいでしょうし。ああ、昼食も子供たちと一緒に食べていってください。たいした料理は出ませんがね」

部屋を出るときに誘われて、断り切れずに了解する。土橋は通りがかった職員を捕まえて、「おいきみ、御木本さんと夕侑くんがお昼を召しあがられるから、席を用意しておくように」と命じた。

土橋が去ると、獅旺に目を移してそっとたずねる。

「お昼、ここで食べることになっちゃいましたが、よかったですか？」

「構わない。なら昼までは園内を見て回るか」

「はい。ありがとうございます」

獅旺は夕侑の案内で、古い建物の中を見学した。

小さな子供たちの遊び場であるホール、食堂、洗面所に風呂場。どこも使いこまれていて、汚れや傷みがある。壁の落書きや柱の傷は、しかし全て夕侑の懐かしい思い出の跡だった。

隅々まで見て歩いていくと、通りがかった年長の児童が「あ、夕侑くんだ」と声をかけてくる。そして隣の獅旺を見あげて、ちょっと面映ゆそうな顔をして頭をさげた。

やがて昼食時になったので、食堂に移動すると、子供たちがテーブルにおかれた土産の果物に、ちょうど歓声をあげている場面に遭遇した。

「すごい！　メロンだよっ！」

「こっちはさくらんぼだっ、こんなにいっぱいあるっ！」

「さくらんぼなんて絵本でしか見たことないのにー」

「ピカピカだねえ。美味しそう」

喜ぶ子供らに、職員が説明した。

「そこにいらっしゃるお兄さんが、みんなに持ってきてくれたのよ」

という言葉に、皆がいっせいに振り返った。たくさんの無垢な瞳に見つめられ、獅旺がかるくたじろぐ。

「さあ、みんな、お礼は？」

促された児童が声を揃えて「ありがとうございました」と礼を言った。可愛らしい声に、こちらも笑顔になる。

そして用意された席で、子供たちと一緒に昼食をとった。メニューは焼きそばと浅漬けという簡単なもので、いつもの休日の献立だ。

獅旺には量が足りないだろうが、彼は始終静かな笑みを浮かべ、小さな子供の横で食事をした。

オメガばかりのテーブルに立派なアルファが座っている光景は少々場違いで、けれどそれを獅旺は気にすることもなく、幼い子らの興味津々の瞳にも微笑み返している。夕侑もそれを嬉しく思いながら焼きそばを食べた。

昼食が終わり、子供たちがまた庭に走って出ていき、夕侑たちもそろそろ失礼しようかと思ったところに土橋がやってくる。

「夕侑くん、ちょっといいかね、きみに話し忘れたことがあって」

と呼びとめられて、不思議に思いつつ「はい」と返事をした。

「すいませんね、すぐにすみますから。ちょっとその辺でお待ちいただけますか」

と獅旺に断りを入れると、夕侑だけがもう一度、園長室に連れていかれた。何の話だろうと思いながら部屋に入ると、土橋が身体を近づけてきて、小声で言った。

「実はね、きみに少し、頼みたいことがあるんだ」

「はい。何でしょうか」

部屋にはふたりしかいないのに、土橋は周囲をはばかりながら声をひそめる。

「あの御曹司にね、ちょっとばかりの寄付をね、お願いしたいんだ」

「……寄付？」

「うん。そうだよ。ここの経営が思わしくないのは、きみもよく知っているだろう。オメガ専用養護施設は、国からの運営費で賄われているが、その額は決して多くないことを。一般の施設に比べ補助金が追加されるが、それも微々たるもので、発情期に収容するシェルターや、抑制剤に多額の経費を取られて子供たちの日用品もままならない状態になっていることもね」

「はい、それはよく知っています」

「だから、きみから彼に頼んで、いくらかの寄付をね、してもらえたら助かるんだよ」

慇懃な笑顔で、こちらの顔色をうかがうような猫撫で声を出す。

「ここの園舎も古いからねえ。そろそろ建て替えたいと思ってるんだが、なんせ先立つものがなくてね。今と同じ規模の建物にしようとするなら数千万はかかるんだよ」

困り顔になった園長の話を、夕侑は黙って聞いた。

「御木本家は国内でも有数の名家だ。その家のひとり息子と番になったのなら、それぐらいの融通はきかないだろうか。きみがちょっと可愛くおねだりすれば、万札の束も動くんじゃないかね。御木本さんの援助があれば、ここもきれいな場所に生まれ変われる。御木本家だって、番の育った施設がこんな古びたままじゃ体裁も悪いんじゃないかなぁ」

土橋の頼みに、唇を引き結ぶ。

園の経営が苦しいのは自分だってよくわかっている。寄付がもらえればどれだけ助かるかも。けれど、それを自分の番にねだるのは――。

戸惑っていると、土橋はポケットから一枚の紙を取り出した。それを夕侑の手に強制的に握らせる。

「ここに、口座が書いてある。なに、無理を言うわけじゃない。ほんの少しでもいいんだ。最初はわずかでも、継続して援助してもらえたら非常に嬉しい」

夕侑は手のひらに渡された紙を広げた。そこには『社会福祉法人明芽園、土橋幸彦《どばしゆきひこ》』という名義と共に口座番号が書かれていた。

「……わかりました。相談してみます」

断ることができなくて、気の進まないまま了承する。

「そうかい。そりゃあ助かるよ。きみは本当にできた子だねえ。ありがとう。園の皆を代表して礼を言うよ」

返答に満足した土橋は、明るい声に切り替えて何度も夕侑の背を叩いた。そして満面の笑みで部屋から送り出す。

土橋と別れた後、夕侑はため息をつきつつ獅旺の姿を探した。

彼にどう話したらいいのだろうと悩みながら、廊下を歩いていくと、窓の外から明るい笑い声が聞こえてきた。見ると子供たちが楽しそうに庭で遊んでいる。それをベンチに座った獅旺が眺めていた。

獅旺は前屈みに手を組んで、じっと獣人の幼子らを見守っていた。子供らも大柄なアルファを気にしつつ、近よるのは遠慮して周囲を飛んだり駆けたりしている。

やがてひとりの仔犬がそっと彼に近づいていった。最初は怖々と、けれど興味を抑えきれない様子で一歩ずつ。獅旺はそばにきた仔犬の頭を優しく撫でた。するとそれを見ていた残りの獣人が驚いた顔をして、すぐに獣化すると彼のもとによっていった。獅旺が子供たちを順番に、丁寧に撫でていく。

その姿に、笑みがこぼれた。

獅旺は一見怖そうに見えるが、根は優しい人だ。ヒーローになりたがっている彼は、自分より弱い者に対して慈愛の心を持っている。だから、夕侑が寄付を頼めば、快く応じてくれるかも知れない。

けれど、それを自分が口にできるかと言ったらそれはまた別の話だ。

夕侑は重いため息をもうひとつついて、彼の待つ庭へと出た。

＊　＊　＊

その後、子供たちに見送られて車に乗りこんだ夕侑と獅旺は、明芽園を後にした。

バックミラーにはいつまでも手を振る子供たちの姿がある。それが消えるころ、夕侑は隣の獅旺に話しかけた。

「今日は、一緒にきてもらえて嬉しかったです」

ハンドルを握る獅旺が、こちらをチラと見て答える。

「ああ。お前の育った場所を見ることができて、俺もよかったよ」

「子供たちも喜んでくれたし、久しぶりに職員さんとも話せて楽しかったです」

「そうか」

夕侑はフロントガラスの先に目を移した。窓の先には、中学を卒業するまでよく利用した田舎道が続いている。昔と変わらぬ看板に目をとめて、懐かしさを覚えて隣の人にたずねてみた。

「……獅旺さんは、あの施設を見て、どう思われましたか」

自分の子供時代を形作った場所を見学して、彼がどう感じたのかを知りたい。

それに獅旺が、運転を続けながら「そうだな」と呟いた。目前の信号が黄色に変わりそうになり、獅旺がアクセルを踏む。かるい加速と共に、直截《ちょくせつ》な感想が返ってきた。

「オメガ専用養護施設は初めて訪問したが、あまりいい環境とは言えないようだった」

「……」

交差点を越えると、車は等速に戻る。胸に感じた圧も去っていき、夕侑は小さく息を継いだ。

「そうですか……」

「建物も耐用年数を超えているようだし、他にも色々と傷みと汚れが見られた。早急に手を入れたほうがいいようだが、その余裕はなさそうだったな」

「……はい」

獅旺の言葉に、夕侑の心がひんやりと粟立つ。

「子供たちの生活面にも足りないものが多い印象だ。食事や、備品や、その他諸々において、俺が想像していた以上に粗末だった」

夕侑は黙ってうなずいた。

獅旺が物事をはっきり言う性格なのは、もうよくわかっている。この人はただ、感じたことをそのまま口にしているだけだ。悪気はない。どう思ったのかと夕侑が聞いたから、率直な感想を伝えてきた。ただそれだけだ。そして獅旺の言うことは全てあたっている。事実であり間違いはない。

けれど――。

――でも、あそこは僕にとって、とても、大切な、たったひとつの家だったんです。

心の中だけで、そう言葉にした。

「確かに、……その通りです」

目の奥にどうしてか涙がじわりとわいてきて、それを隠すため運転席と反対側にある窓に目を向けた。

寄付の話もしなければならなかったのに、もうそんな気持ちにもなれない。瞬きを何度も繰り返し、瞳が乾いていくのを待った。獅旺はこちらの変化に気づいていない。

だから夕侑も、何でもない顔で外の風景を見つめた。

「これから森林庭園に向かうんですよね」

気持ちを切り替えたくて、話題を変える。

「ああそうだ。一時間ほどで着くだろう」

夕侑は窓の外に目をこらした。

車は滑るように進んでいき、やがて進路を郊外の国道から田舎道へと変えた。平地から少しずつ登り坂になり、山際の舗装された道路へと入っていく。その先は一本道だ。

道の両側には雑木林が生い茂り、『森林庭園・コスモクラブ一キロ先』という看板が途中に掲げられていた。

しばらくいけば、大きくひらけた高台へ出る。なだらかに整備された一画に、芝生の敷かれた前庭と、見るからに高級そうなクラブハウスがあらわれた。建物の後ろには鬱蒼とした森が続いている。

「……すごい」

芝生の真ん中には、大理石で作られたモニュメントが飾られていた。車はそこをぐるりと回りこみ、広々とした駐車場に入っていった。

「さあ着いたぞ」

車をおりてまた驚く。とまっているのは高級車ばかりだ。

「休日だから人が多いな」

車を見て獅旺が言い、夕侑を連れてクラブハウスへと向かった。

そこもまたビックリするようなきれいな建物で、エントランスは都内にある一流ホテルのように洗練されていた。受付の横にはラウンジがあり、ソファで寛ぐ人たちもいかにもお金持ちといった見た目をしている。

物珍しさもあって、夕侑はあたりを見渡した。獅旺は使い慣れているのかまっすぐ受付にいき、カウンターで手早く手続きをすませた。

その後ろで挙動不審にならないように待っていると、横を壮年の紳士が通りすぎていく。見たことのある顔だなとこっそり眺め、テレビでよく観る政治家だと気がついた。

「…………」

驚きに目を丸くし、改めて周りの人たちを確認すれば、近くには見知った芸能人とその家族もいた。ここは一体どれほど高級な会員制クラブなのだろうか。

夕侑が呆気に取られていると、獅旺が奥を指差して言った。

「じゃあ、俺は更衣室に入って、服を脱いでから庭園に出る。お前は向こうのサンデッキにいるといい。俺が走っているところも見られるだろう」

「あ、はい。わかりました」

建物の南側は一面のガラス窓になっていて、すみに出入り口があった。その先に広いデッキが続いている。

獅旺がいってしまうと、夕侑はサンデッキに向かった。ドアをくぐり外に出れば、五月の爽やかな風が頬を撫でた。

「……わあ」

手すりの先には、手入れされた芝生と、その向こうに青々と茂る森林が見えた。木々の間から湖も窺える。凪いだ湖面は陽光を反射して、キラキラと光っていた。

「すごいところ」

手すりによりかかり、遠くまで目をこらす。新緑の景色の中に、様々な獣たちの姿も確認できた。ジャガー、ピューマ、ジャッカルにオオカミ。皆、思い思いの恰好で寛いだり走ったりしてる。どの動物も、艶のある毛並みが美しかった。

「皆、上流階級の獣人なんだろうな」

身を乗り出して眺めているうち、建物の横から一頭の堂々とした獅子があらわれる。獅旺だ。

獅旺は夕侑を見つけると、大きな声で吼えた。夕侑もそれに手をあげる。獅子の彼は満足そうに尾を振って、いきなり駆け出した。そして全速力で森に向かう。

栗色のたてがみを揺らし、全身の筋肉を雄々しく波立たせて走る姿は、庭園にいるどの獣よりも立派だった。その勇姿が木々の中に消える。

獅旺の去った森に目をこらしていると、いつの間にかそばに従業員がやってきていた。

「お飲み物はいかがですか」

とメニューを差し出される。

「あ、すみません」

頭をさげて受け取り、いくつかのドリンクを見てみた。だがどれも値段が書かれていなかった。こんな高級な場所なのだ。きっと飲み物も高いに違いない。

「あ、あの、結構です」

遠慮がちに断ると、従業員はそれで態度を変えるわけでもなく、笑みを浮かべて「かしこまりました」と言って去っていった。

彼がいなくなってから、もしかしたら飲み物は無料だったのかな、と気がつく。だったらもらっておけばよかったと後悔して、そんないじましいことを考える自分に恥ずかしさを覚えて、小さく肩をすくませた。

芝生に目を戻せば、獅旺が森から出てくるのが見える。

夕侑の立つデッキの近くまでくると、ひとつ吼えてまた森へ戻っていった。走るのが本当に気持ちがいいという様子で、休憩も取らずに駆けている。

それを手すりに凭《もた》れて見守った。

彼の姿が視界からふたたび消えると、夕侑は手持ち無沙汰にラウンジへと目を移した。そこでは上流階級の人々がゆったりと談笑したり、飲み物を楽しんだりしている。

自分が生きてきた世界とはかけ離れた人々に、さっき施設で獅旺が子供たちと一緒にテーブルについていた光景を思い出す。

獅旺はあそこで異質な存在だった。彼だけが別の世界の住人だった。

今ここでは、反対に夕侑が浮いた存在になっている。

「……」

何もかもが、自分とは違うのだなと改めて強く感じた。生まれも育ちも、そして考え方も。

夕侑は自分が着ている古ぼけたトレーナーの袖口に視線を落とした。少しすり切れた縫い目に、何とも言えない淋しさを覚えてそっと手で隠す。

早く新しい服を買わなければいけない。でないと獅旺に相応しい番になれない。

けれど本音を言うのなら、自分はどんな恰好であってもただ彼と一緒にいられればよかった。そばにいるだけで充分だった。

しかし、そういうわけにもいかない。

番ができて、ひとりではなくなって、幸せになったはずなのに、どうしてこんな風に孤独を感じてしまうんだろう。

雄々しい獅子に見そめられ、今までにないほど豊かな生活を送れるようになったけれど、颯爽と何でもこなす彼の背の上で、自分は振り落とされないようにしがみついていくだけで精一杯だ。

瞳にじんわりと涙が浮かび、夕侑はそれすらも贅沢だと、瞬きをしながら遠くに目をやった。

＊　＊　＊

「それで、辞めたくないって話はできたんすか？」

週明けのコンビニで、夕刻になってから虎ノ介に聞かれた。

夕侑は、レジ横の備品を補充していた手をとめて答えた。

「いいえ。結局言えませんでした」

「あちゃー」

カフェラテマシンのミルク箱を交換していた虎ノ介が、渋い表情になる。

「もっと大事な問題が発生して、そちらに気を取られていたもので」

「もっと大事な？」

空箱をマシンから外し、周囲を掃除しつつ聞き返してくる。

「ええ」

「そりゃあなんすか？」

かるく問いかける虎ノ介に、夕侑は話すべきかどうか逡巡した。

今まで恋人間に起きた問題は、虎ノ介に詳しく話していない。大抵は言葉を濁して流す夕侑に、虎ノ介が苦笑を返して終わっている。だが毎回話だけ振って肝心なことを言わないことに、少し後ろめたさも感じ始めていた。

見ると、虎ノ介は本気で心配する眼差しを向けている。太い眉を八の字にして、夕侑の表情をうかがっていた。

それに気持ちを緩ませる。

この人になら相談してもいいかもしれない。寄付の問題は獅旺自身に関する事柄ではなかったし、何よりもう、ひとりで鬱々と悩むことに飽きていた。

「実は、施設を訪問した際に、寄付を頼まれて」

そう切り出して、かいつまんで事の次第を明らかにする。相手は真剣な顔で話を聞いた。

「そうだったんですか。そりゃあ、大変ですね」

話し終えると難しい顔になってうなずく。

「ええ。だから困ってるんです」

ふうむ、と言いながら、虎ノ介は新しいミルク箱をセットしてマシンの蓋をしめた。ミルクが出るのを確認してから、こちらに向き直る。

「つまり、夕侑さんは、カレシさんに寄付をお願いするのが嫌なんですね」

「そうです」

「けど、考えようによっちゃ、別に悩む必要はない問題なんじゃないすか」

「え？　どうしてですか」

「だって寄付っていいことじゃないっすか。それで施設の子供たちだって助かるんでしょ。だったら人助けになるんだし、頼んでも構わないんじゃないですか。御木本家だって慈善事業をしたらイメージよくなるだろうし、カレシさんに迷惑かけることじゃないんでは？」

「そ、そうですか……？」

「普通そうでしょ。海外のセレブなんて喜んで色んなとこに寄付してっじゃないすか。夕侑さんが自分のものをねだるんじゃなくて、子供たちのためにお願いするのなら、いいことだと俺は思いますけどね」

「そうなのかな」

夕侑は備品のスプーンを握りながら考えた。

「多分、夕侑さんは、自分関係のことでおねだりするってことに罪悪感を覚えてるんでしょうけど」

心中を言いあてられて、目を瞬かす。

「いいじゃないですか。それぐらいおねだりしたって。可愛く甘えたらどうっすか。ね～ダ～リン、僕のお願い聞いて～って」

虎ノ介が腰をくねらせて甘えた声を出した。大男が少女のような真似をしたので、似合わなさについ笑ってしまう。

「そんなこと、できませんよ」

「ええ～なんでよ～」

そこに客がやってきたので、虎ノ介もふざけた仕草をやめて客が買い物を終えるのを待った。レジ袋をさげた客が去ると、隣にきてまた話してくる。

「夕侑さんってさ、恋人に甘えたりしないの？」

「えっ。しませんよそんなこと」

「ええ？　しないの？」

大げさに驚かれて、恥ずかしくなり目をそらした。

「可愛く甘えたり、我が儘言ったり、そういうのしたことないの？　一回も？」

「ないです。多分」

「あらー」

残念そうな顔になったので、自分が間違っているのかと思わされてしまう。

「そういうことは、しちゃいけないでしょう普通」

「なんで？」

「なんでって……」

施設育ちの夕侑にとっては、甘えたり我が儘を言ってはいけないというのはあたり前のことだった。

明芽園では、オメガの精神的、経済的自立を目標に掲げているから、子供らは小さいころから職員に『我が儘を言っちゃダメです』『甘えないで自分でやりなさい』と教えこまれる。

小さな子供が思い通りにいかなくて、癇癪を起こして泣いても、願いは大抵聞き届けられない。泣き疲れて職員に謝るまで放っておかれる。そんな環境で育った夕侑は、我慢強くいい子にして、何でも自分でやればほめられるのだということを学習した。『えらいわね夕侑くん』『夕侑くんは手がかからなくて本当に助かるわ』というほめ言葉は勲章だった。

加えて夕侑は、生まれたときから両親がいない。だから甘えられる相手に今まで会ったことがないのだ。誰にも甘えたことがないので、その方法もわからない。他人に上手にものをねだる人を見ても、よくないことをしているという感覚しかなかった。

「ふぅむ」

うまく答えられないでいる夕侑を眺めて、虎ノ介が唸る。

「恋人に甘えられりゃあ、俺だったらすっげー嬉しいですけどね」

「そうですか」

「ウハウハ喜んで言うこと聞いちゃう」

両手を握々《にぎにぎ》してウハウハ笑う虎ノ介に苦笑した。

ふたりで話していたら、そこに交代のアルバイト女性がやってくる。

「こんにちは～」

「あ、もうそんな時間なんだ」

時計を見れば、終業時刻五分前だった。

彼女とかるく引き継ぎをして、夕侑も仕事を終える準備をする。そこに虎ノ介がやってきて小声で言った。

「まあ、うまくいくといいすね」

同情を交えた笑顔に、夕侑も微笑み返した。

「無事に問題解決して、アルバイトも続けられること祈ってますよ」

「ありがとうございます」

「夕侑さんいないとサビシイ」

おどけた言い方でまた笑いを誘う。自分だってこの仕事を続けたい。そう思いながら服を着がえて、皆に挨拶をしてから店を出た。

するといつもの場所に獅旺はいなくて、駐車場に彼の車がとまっているのを見つけた。

「あれ?」

運転席から手招かれて、不思議に思いつつ車に近づいていく。

「どうしたんですか?」

助手席のドアをあけて問いかけると、「まあ乗れ」と促された。

「今夜は外食にしよう。連れていきたい店があるんだ」

乗りこんでシートベルトをしめると、獅旺が言った。

「お店に?」

「ああそうだ。きっと気に入る」

連れていきたい店とは、一体どこなんだろう。

疑問に思っているうちに、車は三十分ほどかけて都内の高級住宅街へ向かっていった。

お金持ちの住みそうな豪邸ばかりがある一画に、こぢんまりとした一軒家の店があり、獅旺はその駐車場に車を入れた。

「さあ着いたぞ」

「わ……」

車をおりて店舗の全景を見た夕侑が、感嘆の声をあげる。

そこはまるで、おとぎの国にあるような可愛らしい店だった。屋根は赤で、外壁は深緑。窓枠は純白で蔦が絡んでいる。駐車場の横には花壇があり、色とりどりの花と可愛いウサギの置物が飾ってあった。入り口に掲げられた看板には『La pâtisserie de Mikami』とある。

「ここは……ケーキ屋さんですか」

「そうだ。まあ入れ」

中に入るとすぐに、甘い匂いが鼻をくすぐった。真正面の大きなショーケースに、美しく飾りつけられたケーキが整然と並び客を出迎えている。

「すごい」

店内はブラウンを基調とした柱とクリーム色の壁で、落ち着いた雰囲気になっていた。主に女性向けの店らしい。会計に並んだ客も女性ばかりだし、従業員も全員が女性だった。

「ここで夕食を?」

獅旺を振り返ると、店の奥を示される。

「奥が喫茶室になっている。そこで食事もできるんだ。まあ軽食中心だがな」

話していると、白いエプロンを着けた女性従業員がやってきた。

「いらっしゃいませ」

「予約していた御木本だが」

「おうかがいしております。どうぞ、こちらへ」

にこやかに微笑む店員に案内されて、喫茶室へ進む。そこで和やかに歓談しながら食事をしているのも、ほとんどが女性だった。いかにも有閑マダムといった上品そうな女性客が、楽しげにすごしている。

「こちらでございます。ごゆっくりどうぞ」

衝立で区切られた半個室に案内されて、花の飾られた四人がけのテーブルに腰かけた。すぐに水とメニューが運ばれてくる。

「食後にデザートもつけよう。ここのケーキはうまいらしいから」

「そうですか」

メニュー表にはケーキの写真ものっていた。どれも美味しそうで目移りしてしまい、目をキョロキョロさせて選んでいると、獅旺に苦笑される。

「ゆっくり選んでいいぞ。まだ夕食には早い時間だ」

「そうですね……」

答えながらも上の空で写真に見入った。

結局、夕侑はオムライスとチョコレートケーキ、獅旺はクラブハウスサンドとオムライス、それにチーズケーキを注文した。

「……わ」

しばらくして運ばれてきたオムライスは、女性受けしそうなカラフルな盛りつけで、サラダにはハート型のキュウリまでのっていた。

「可愛いですね。食べるのがもったいない」

「俺には量が少ないが、まあお前にはちょうどいいか」

そっとスプーンをさして、ふるふるの半熟オムレツをすくう。口に入れればとろりと崩れて、優しい味がした。

「美味しい」

獅旺はふたりぶんの料理をきれいに平らげ、夕侑はゆっくりと高級なオムライスを堪能した。

それから、デザートのケーキが紅茶と一緒に運ばれてくる。ナッツのぎっしりつまった生地と濃厚なチョコクリームは格別で、頬が落ちるとはこのことかと感動した。

「今日は、どうしてこの店に連れてきてくれたんですか？」

ケーキを半分ほど食べたところで、獅旺にたずねる。すると、三口でチーズケーキを皿から消した獅旺が口のはしをあげた。

「この店、気に入ったか？」

「ええ。もちろんです」

「そうか。それはよかった」

ゆったりと紅茶を一口飲んで、カップを皿に戻す。

「俺も気に入ってくれるだろうと思っていた。店もきれいだし、ケーキもうまいし、従業員の態度もいい」

「そうですね」

夕侑も賛同した。

「だから、ここで働いてみないか?」

「えっ」

持っていたフォークから、ケーキの欠片が皿に落ちる。

「ここで?」

「そうだ。お前のためにこの店を探したんだ」

「僕のために? ……で、でも」

夕侑は衝立の向こうに目をやった。

「ここの従業員は、女性ばかりですよ。僕が働けるんですか?」

「女性の中にいてもお前だったら見劣りしないだろう。それについては、オーナー兼パティシエとも話がついている。オーナーはお前を雇うことに問題はないと言っていた。オーナーも男性だし、厨房には男性シェフもいる。まあ全員ベータなんだが」

「…………」

「接客業がしたいんだろ? ここなら雰囲気もいいし、好きなケーキに囲まれて仕事もできる。従業員も教育が行き届いているし、俺もここなら安心して送り出せる」

「けど、マンションから遠いです」

車で三十分はかかったはずだ。

「大丈夫だ。それも考えてある。御木本家の運転手を使えばいい。彼に送迎してもらうことにする」

「運転手つきで、アルバイトに通うんですか?」

「車なら、途中で何かあってもすぐに対処できるだろう」

夕侑は呆気に取られて目の前の人を眺めた。驚きすぎてすぐに返事ができない。

「御木本家に迎え入れる番が、社会勉強のために働くんだ。それぐらいしてもどうってことはない」

夕侑はケーキに目を落とした。さっきまで美味しかったはずのデザートが、急に味をなくしていく。

そんな贅沢をしてまで、自分が働く意味とは。

獅旺が夕侑のためにこの店を探してくれたことには感謝せねばならないのだろうが、自分の望みとはズレを感じてしまう。

「……」

けれど、それをうまく言葉にすることはできなかった。こんなに至れり尽くせりのことをしてくれる相手に、どう説明すればいいのか。

戸惑う夕侑に、獅旺は店の雰囲気に臆したのだと勘違いしたらしい。

「大丈夫だ。お前ならすぐに慣れて、きっと店に馴染めるだろう」

と優しく微笑んだ。

＊　＊　＊

その夜、ベッドに入ると、獅旺は夕侑を抱きしめてささやいた。

「あの店に決めてもいいか?」

確認を取られて、言葉につまる。

「……」

あそこの雰囲気はとてもよかった。礼儀正しい従業員に、上品な客。きっと働けば楽しいだろう。あの店なら、店先でヤンキーっぽい客が喧嘩をすることもないだろうし、虎ノ介のような破天荒な店員もいない。けれど車椅子を押す老夫婦がワンカップのお酒を買うこともない。

そのことを少し淋しいと思ってしまった。

「もっと違う店がいいか」

「……いえ」

腕の中で小さく答える。

「そうか。じゃああそこにするか」

獅旺は満足そうに呟いた。

「他の店も検討したんだが、あの店が一番優秀だった。お前が色々な人と交流したいと言っていたから、接客業を中心にレストランや料亭、他にも飲食業にこだわらずに、そういった業種を調べたんだ。店の雰囲気や立地、客層、オーナーの人柄、それから従業員の質など調査して、最終的にあそこを候補に決めた」

夕侑の髪に頬ずりをして話す。

「あの店は女性従業員ばかりだが、全員ベータで既婚者も多い。教育も徹底しているから、お前が御木本の番だからといって、妬んだり悪口を言う者もいないだろう」

その言葉に、ハッとした。

以前、ふたりで買い物に出かけたとき、獅旺の同級生に陰口を言われたことを思い出す。獅旺はあのことを覚えていて、そういう女性のいない職場を探してくれたのだ。

そこまでして夕侑を守ろうとしてくれる相手に、胸がギュゥッと絞られる。

「あそこで、ギャルソン姿で働くお前はきっと、誰よりも輝いて見えることだろうな」

少しウトウトしながら、獅旺がもらす。その声音は楽しそうだ。だから夕侑は、コンビニを辞めたくないとは言えなかった。

「……獅旺さん」

「うん?」

眠りに落ちながら、獅旺が応える。

「ありがとうございます。たくさん調べてくれて」

「うん。気にするな……」

大きな手が、夕侑の肩を包みこんだ。そのまま静かな寝息が聞こえてくる。

暗闇の中、夕侑はどうしていいかわからなくて、潤む瞳を何度も瞬かせた。

＊　＊　＊

翌日のアルバイトは、虎ノ介が午後四時から入るということで、夕侑はそれまで別の女性と一緒に仕事をした。

何となく、早く虎ノ介がきてくれないかなあと考える。いつの間にか、彼に話をすることが、気持ちを楽にする薬のようになっていた。

「おふぁよおございますぅ～」

四時少し前に、あくびをしながら虎ノ介が出勤してくる。それに女性アルバイトが呆れ顔を返した。

「おはようございますって、もう夕方ですよ、虎さん」

「徹夜したから～。さっきまで寝てた～」

「全くもう、しゃきっとしてね。じゃあ、あたしはあがりますから。夕侑さんお先に」

「お疲れ様でした」

挨拶をして彼女がバックヤードに移ると、虎ノ介がまたあくびをした。

「眠《ね》みぃ～」

「大丈夫ですか」

「多分、だいじょぶ～」

乱れた髪をかきあげて、目をパシパシさせる。

「あ、そう言えば、夕侑さん」

とこちらを見て言った。

「昨日、車に乗って帰ったっしょ」

「ええ、はい」

「あの車、カレシさんの？」

「そうです」

「うわマジか。めっちゃいい車乗ってんなあ。くっそー俺なんか軽四っすよ？」

拳を握って悔しがる。どう答えていいのかわからなかったので苦笑だけ返すと、目が覚めたらしい虎ノ介がいきなり話を振ってきた。

「で、ドライブして問題解決はしたんっすか？」

「え」

「いや、昨日、色々悩みを話してたから。寄付とかバイト辞めるとか」

虎ノ介のほうから話題を出してくれたことをありがたいと思いつつ「いいえ」と答える。自分から切り出すには勇気がいったから、彼のノリのかるさに感謝した。

「実は、あの後、ふたりで出かけたんです」

と昨日の出来事を伝えると、虎ノ介が難しい顔になる。

「そっすかー。そりゃあそんなステキな店に連れていかれちゃあ、辞めたくないとも言えないですよね」

「……ええ」

「まあでも、夕侑さんみたいな人は、そっちの店のほうが向いてるんじゃないですか。可愛いケーキ屋さんで働く姿、俺だって見たいですもん」

「ええ？　そうですか」

「うん、きっと似合いますよ。有閑マダムだって夕侑さんに接客してもらえたら嬉しいと思いますよ～」

「そっかなあ」

首を傾げると、虎ノ介も同じように首を傾げて言った。

「ていうか、夕侑さんはなんでそんなに働くことにこだわるんすか」

「え？」

「だってそうじゃん。御曹司の番になったんだから、悠々自適の生活じゃないすか。きっと将来は伴侶になるんでしょ？　だったらバイトするよりももっと他にやらなきゃならんことがあるんじゃないっすか。たとえば、マナー講習や英会話とか、お料理教室にお茶やお花とか、そういう上級のおつきあいのための勉強がさ」

「そ、そうですか」

考えたことはなかったが。けれど確かに、マナーなどは必要かも知れない。

「そういうお稽古ごととかに通って、ゆったり優雅に暮らせばいいじゃん。そのほうが将来のためになんないっすか？」

虎ノ介の言うことは、一理あるかも知れなかった。

「けど、僕は」

話していると客がやってきたので、会計処理をする。その客が自動ドアを出ていくと、後ろ姿を見ながら呟いた。

「僕は、ずっとやりたいことがあって。その夢を叶えるために、働いたり勉強したりしたいんです」

「夢？」

虎ノ介が聞き返す。夕侑は客の姿がなくなった扉を見たまま続けた。

「はい。この世界で生きるオメガのために、何か助けになれるような、そんな仕事に将来就きたいと考えているんです。それで、大学でも社会福祉学を専攻するつもりでいて」

「ほお」

虎ノ介が目をみはる。

「僕は幸運にも、運命の番を見つけて、こんなに恵まれた生活ができるようになったけれど、世の中にはまだ不幸なままのオメガも多いです。だからこの幸運を、僕は自分のためだけに使いたくないんです」

「なるほどね」

話しているうちに、夕侑は自分の生きる指針を明確に思い出した。

そうだ、かつて学園にいたころは、もっと強い意思を持って生活をしていた。誰にも頼らず、番など持たずひとりで生きていこうと考えていたはずだ。

それが獅旺と出会って、番契約をして、彼に守られた暮らしをする内に、いつの間にか自分は弱くなっていた。

以前の自分だったら、もっと強く獅旺に反発していたかもしれない。頑固すぎるほど自分の考えを主張し、こうしたいんだと訴えていただろう。

なのに今は、どうして彼に何も言えないのか。

「夕侑さんは、誰かのために、役に立ちたいって思ってるんだ」

「…………」

誰かのために。自分のためにじゃなく。

だから獅旺の望みを、まず優先してしまうのだろうか。

自分のことはいい。我慢することには慣れている。好きな人が喜んでくれれば、それだけで十分だ――。

その考えが、自分を弱くしている。

ひとりでいたときはあんなに意志が強かったのに、愛する相手ができてしまったら、とたんにこんな弱い人間になるとは。

夕侑はうっすらと苦笑した。

「僕は夢も叶えたいけど、獅旺さんの番として恥ずかしくない行動もとらなきゃいけないって思ってます。きっと、そのすりあわせがうまくいってないんですね」

「あの獅子のカレシ、夕侑さんの言うこと聞いてくれないんすか」

「いいえ。そんなことはないです」

「でも言えない、と」

「……まあ」

虎ノ介が話しながら仕事に取りかかる。カウンター下にしゃがんで棚をあけた。

「なんか、夕侑さんの話聞いてると、あの獅子とは恋人関係というよりは主従関係のようっすね」

「主従関係?」

「そ。主と、それに仕える人」

「……」

大判のゴミ袋を何枚か取りだすと、立ちあがって言う。

「そゆうの、俺の両親に似てるかも」

「え?」

不穏な言葉に身がすくんだ。

虎ノ介の両親は、愛しあって番になったにも拘わらず、考え方の違いで結局うまくいかなくなったと聞いている。

「すんません、不安がらせるつもりはないんすけど」

憂いた夕侑に気づいて、明るい顔つきに切り替えた。

「じゃあ、俺、ちょっと外のゴミ箱あけてきますわ」

「あ、はい」

カウンターを離れる虎ノ介が、少しいってから立ちどまる。こちらを振り返って、ボソリと呟いた。

「あのね、夕侑さんはね、俺の母親に似てるとこあんだよな。だから、なんつーか、ほっとけないっていうか」

橙色の髪をガシガシかきながらもらす。

「だから幸せになって欲しいんすよ。あの獅子のカレシさんと運命の番だってんなら、なおさらね」

「虎ノ介さん……」

照れ隠しなのか、しかめ面を作る虎ノ介に、夕侑は笑顔で礼を伝えた。

「ありがとうございます」

すると強面がほころぶ。

「うん。応援してますよ。だって俺、夕侑さんとはもう他人じゃないしさぁ」

言いながら、そそくさと入り口に向かった。

「え？」

ドアがひらけば、こちらに振り返ってニヤリと笑う。

「夕侑さんには俺のちんこ、見られてるし」

「ええっ」

驚く夕侑が何か答える前に、ドアがしまる。そのまま虎ノ介は戻ってこなかった。

「……まったく。なんで、いきなり」

客がいなくて幸いだった。聞かれたら何と思われるか。しかし大きな声でとんでもないことを明かす虎ノ介は、やっぱり破天荒な人だ。

「まあ、確かに、部屋まで起こしにいったときに見えちゃったけど。あれは仕方なかったし」

独り言をブツブツ言いながら仕事に戻る。すぐに客がやってきたので、その対応などしながらすごしていたら、やがて二十分ほどがたった。

「……あれ」

虎ノ介はまだ戻ってこない。ゴミ箱の掃除にしては遅い気がする。

「どうしたのかな」

首を伸ばして窓の外をうかがうが、姿は見えなかった。

何かあったんだろうかと、客が途切れた合間を見計らって、夕侑もカウンターを出た。自動ドアに向かい、扉があくと外に踏み出す。

するとすぐ近くに虎ノ介がいた。ゴミ袋を手に仁王立ちをしている。

「虎ノ介さん?」

何かを睨みつけている横顔に、怪訝に思い視線を追えば、その先には車どめに腰かける獅旺がいた。

「――え?」

なぜこんな早い時間に。

いつもならもっと遅くにきているはずなのに。

驚く夕侑の前で、獅旺と虎ノ介はお互い無言で眼差しをぶつけあっていた。間の空気がピリピリと緊張しているのがわかる。ふたりの背後に獅子と虎の姿が見えるようだった。

「……何で」

理由のわからない夕侑が戸惑い顔で見つめると、その姿に気づいた虎ノ介が、手をあげて言った。

「大丈夫っすから、夕侑さん。何でもないっすから。中に入って待っててください」

「で、でも」

対峙する獅旺も、威圧感をまとった表情でこちらを向く。そうしてひとつうなずいてから顎をしゃくり、夕侑に去るように促した。

何が起きたのかわからないまま、新しくきた客が店内に入るのを機に、仕方なくカウンターに戻る。外のことが気がかりだったが、仕事を放り出すわけにもいかず、そのまま何人かの会計処理をした。

そうしていたらやがて虎ノ介が戻ってくる。

「すんませんでした」

と一言謝ってカウンターに入ると、洗面台で手を洗った。

どうしたものかと焦る夕侑に、虎ノ介は落ち着いた声で言った。

「夕侑さん、申し訳ないっす。さっきの会話、獅子のカレシさんに聞かれてしまいました」

「え?」

「あの、夕侑さんが俺のちんこ見たって話です」

夕侑の顔が蒼白になった。

「けど、理由はちゃんと説明したので、向こうは納得してくれました」

「そ、そうですか。……よかった」

しかし虎ノ介の表情は硬い。

「けど、それ以外にも、言わなくてもいいことまで言っちゃったかもしれません」

「言わなくてもいいこと？」

「そうです」

それは何かと怖くて聞けない夕侑に、手を洗い終わった虎ノ介が、タオルを使いながらこちらに向き直った。

「けど、夕侑さんがバイトを辞めたくないと思ってるとか、寄付のことは、一切喋ってませんので」

「そ、そうですか」

「俺がふたりを見て思った感想を少し述べさせてもらいました」

「ということは、えと、主従関係みたいだとか？」

「まあそんなとこですかね」

夕侑の肩が安堵にさがる。

「なら、構わないです。あたってるところもあると思うので」

「そうっすか」

虎ノ介は生真面目な顔で下を向いた。するといきなり大柄な身体を折って、つむじを見せる。

「すんませんでした。出すぎたことをして」

「えっ」

「ちんこの説明から流れで、ついいらんことまで意見してしまって。あの獅子のカレシさんが気を悪くしたのなら俺のせいなんで、俺んとこ怒鳴りにくるように言っといてください」

「そんな」

一体何を言ったのか。

目を瞬かせる夕侑に、虎ノ介がさらに深く頭をさげる。

けれど内容は聞かせたくないのか、たずねても言葉を濁し、詳細は説明してくれなかった。

＊　＊　＊

終業時刻になると、夕侑は急いで着がえて店の外に出た。

自動ドアをくぐり車どめに目をやる。すると獅旺がさっきと同じ体勢でそこにいた。

腕を組んで、じっと地面を見つめている。眉間には深く皺が刻まれ、何かを考えこんでいる様子だった。

夕侑はそっと彼に近づいていき声をかけた。

「獅旺さん」

呼ばれても気づかぬらしく、ピクリとも動かない。どうしたのかと心配になり、もう一度呼びかける。

「獅旺さん?」

それでやっと我に返って、弾かれたように顔をあげた。

「あ、ああ」

横に立つ夕侑を見つけ、らしくなく動揺する。

「どうしたんですか」

「いやなんでもない」

獅旺は立ちあがると、リュックを背負い直した。

「仕事はもう終わったのか」

「はい」

「じゃあ、帰ろう」

言うと手を伸ばし、夕侑の手のひらをギュッと握ってくる。

「獅旺さん?」

怒っているとばかり思っていた夕侑は驚いた。見あげれば、ひどく沈んだ顔つきをしている。理由がわからず困惑すると、相手はそんな夕侑をいっとき眺めた後、手を引いて歩き出した。

そしてどんどんと進んでいく。コンビニの敷地を出て駅に向かいながら、獅旺は物思わしげな表情で口をひらいた。

「夕侑」

「はい」

「あのコンビニは、早く辞めるんだ」

「………」

掴まれた手が痛いほどで戸惑う。

「あの虎は気に食わない」

そう言い放ち犬歯を見せた。

「虎ノ介さんと、何か話したんですか」

たずねるも問いには答えず、前を向いたまま黙りこむ。その横顔は憮然としているが、どこか憂いてもいた。

やがて駅前にさしかかり、いつも買い物をするショッピングセンターまできたが、獅旺は中に入ろうとせず店の前で立ちどまった。

行き交う人混みの中で、少し上の空でいきなり夕侑に告げる。

「あの虎は、お前に惚れている」

「えっ」

ビックリして目をみはる。

「そんな馬鹿な。だって、僕はもう、フェロモンだって他人には効かないし」

困惑する夕侑に、獅旺が強い眼差しを向けてきた。

「バース性じゃない。オメガだから惹かれてるんじゃない。あいつは、お前の人間性に惚れてるんだ」

思いがけない言葉に、呆気に取られて立ち尽くす。獅旺は追い打ちをかけるように言った。

「だからすぐにでも、あの仕事は辞めるんだ」

金茶色の瞳が熱を持ち、嫉妬と怒りに燃えている。それを見ていると身がすくんだ。

この人を怒らせたくない。嫌われたくない。

大好きだから、自分のことで迷惑をかけたくない。

だから――。

「……わかりました」

夕侑の口は勝手に動いていた。

＊　＊　＊

翌日は、早めに出勤し、バックヤードで書き物をしていた店長のところにいくと、アルバイトを辞めさせてもらいたいと伝えた。

店長はビックリして「どうか辞めないで欲しい」と懇願したが、夕侑は何度も頭をさげて謝罪し、今月一杯で退職する了承を得た。

更衣スペースで着がえをして売り場に出ると、しばらくして虎ノ介も出勤してくる。

「夕侑さん、辞めることに決めたの?」

制服を羽織っただけの状態で、バックヤードから飛び出てきた。

「あ、はい。そうです」

「そっかぁ」

太い眉をさげて、残念そうな顔になる。

「やっぱ、俺のせいかな?」

「いえ。違います。僕が自分で決めたんです」

ニッコリと笑顔を作って答えた。

「実は……向こうの店のほうが時給が高くて。それであっちに移ることにしちゃいました」

取ってつけた理由を、なるべく明るく伝える。すると虎ノ介は、ますます遣り切れない顔になった。

「そか。……時給か。まあそれも大事だしな」

多分、それが本当の理由でないことはわかっているのだろう。けれど深く追求されることはなかった。

「今月一杯は働きますから。次のバイトさんが見つかるまでは残って欲しいと言われましたので」

「そっかぁ……。うん。そっか……」

大きな虎族が背を丸めてしょんぼりする姿は胸が痛んだけれど、もう決めたことだ。

「ですから、あと少しの間よろしくお願いします」

「ああ、うん。わかりやした。こちらこそよろしくお願いします」

頭をさげあっていると、自動ドアがあいて声がする。

「お世話になりまーす。配送失礼しまーす」

ガラガラと台車を押す音と共に、配送業者が入店してきた。

「あ、弁当便だ。俺、手伝ってくるから夕侑さんはレジお願い」

「はい」

虎ノ介がカウンターを出ていき、業者を手伝って品物の入ったパレットを台車からおろし始める。

夕侑のところにも客がやってきたので、その対応をした。

慌ただしくいつもの一日が始まり、その日は予想外に忙しかったので虎ノ介とは雑談することもなく、夕刻には仕事を終えた。

「お疲れ様でした」

と皆に挨拶をして店を出ると、夕侑はすぐに車どめを振り返った。

そこにはちゃんと獅旺がいた。

「終わったか」

「はい」

「辞めることは伝えたか」

「はい。朝、店長さんに了承をもらいました」

「そうか」

獅旺は夕侑のそばにくると、また手のひらをギュッと握ってきた。まるでどこかにいきそうなのを引きとめるかのように。その仕草を不思議に思いつつ、黙って一緒に歩道に出た。

しかし、辞めると決めてしまえば、問題はひとつ解決するのだ。そのことだけでもホッとする。

夕侑にはまだ、寄付のことを話せていないという問題が残っていた。これからはそれだけに向きあえる。

落ち着いたら時間を見つけて話してみよう。虎ノ介も言っていたように、寄付は夕侑のためにお願いするわけじゃない。施設の子供たちのためなのだから、多分、ちゃんと話せるはずだ。

つらつらと考えながらふたりで買い物をして、いつものように帰宅する。

夕食を一緒に作って食べて、順番に風呂をすませて、夕侑は寝間着用のスウェットで寝室に入った。獅旺はまだ風呂の最中だ。

カーテンをあけ放った暗い部屋で、夜空を見ながらベッドに腰かける。身じろげばタプンとした独特の反動が尻にきた。このベッドがとても高価だと知ったのもつい最近だ。

幸せな環境なんだなと、星の輝く空を見あげて獅旺に感謝する。そんな彼に、どうやって寄付のことを切り出したら自然になるだろうと思案した。

我が儘やおねだりをするわけではないのだから、なるべく事務的に頼めば、後ろめたさも表に出なくてすむだろうか。自分のためではなく、施設の環境改善のためなのだし、金額だって多く言う必要はないだろう。

「僕の施設に、少し寄付をお願いできませんか、とか。園長先生が獅旺さんに寄付を望んでいて、とか。……あー……どんな言い方でも何だかねだってるみたいに聞こえちゃうな」

玉の輿に乗れたのだから、早速利用してみようという魂胆があるようにも聞こえる。自分にはそんなつもりは全くないのに。

「……はぁ」

結局、夕侑自身に引け目があるからだろう。施設出身でずっと質素な生活をしてきたから、寄付ひとつお願いするのも普通にできない。多分ここでの裕福な生活にも、肩身の狭さを心のどこかで覚えているのだ。

「どうしよう」

悩んでいたら、ドアがあいて獅旺がやってきた。Tシャツにスウェットパンツで、手にスマホを持っている。

画面を見ながら、夕侑の横に腰をおろして突然言った。

「今週末、母が夕食を食べにこいと言ってる」

「え？」

思いがけない話を切り出されて驚く。

「親父の予定がやっとあいたらしい。母もその日は用事がないから、こっちの都合はどうだと聞いてきてる」

「そ、そうなんですか」

「俺は別に何もない。お前は？」

「僕もないです」

「なら、一度、顔を見せにいってくるか」

「はい。わかりました……」

新しい予定がやってきて、にわかに緊張する。

獅旺の父親は御木本グループの総帥で、かつてオメガのことを『アルファを操る邪悪な淫魔』と言い放った人だ。

そんな相手に、挨拶をしにいく。

一体どう思われるのだろう。考えただけで手足が震えてくる。

直前まで悩んでいた寄付の問題が吹き飛んで、今度は全く違う問題に頭が一杯になった。

「大丈夫かな、僕……」

しかし御木本家の長男と番ったのだから、両親への挨拶は必至だ。一緒に暮らし始めてもう一か月近くたっているし、遅くなればなるほど失礼にあたる。

「大丈夫に決まってる」

震える夕侑に気がついて、獅旺が肩を抱いてきた。

「もう番契約は成立してるんだ。俺はお前と離れるつもりはないし、親だろうと口は挟ませない」

夕侑は小さく何度もうなずいた。

「食事をして帰ってくるだけだから、そんなに気を張る必要はないぞ」

「……ええ」

そう言われても、上流階級のつきあいとか挨拶の仕方とか、食事のマナーも夕侑は全然知らない。

虎ノ介の言うように、そちらに関しても勉強しておくべきだったと、今さらながら後悔した。

＊　＊　＊

獅旺の家を訪問することになった当日、夕侑は朝からずっとソワソワしていた。

どんな風に挨拶をすればいいのか、そして夕食はフランス料理らしいから、どうやって食べたらいいのかと、朝からネットで色々と検索する。

昼食もまともに喉を通らず、スマホに首っ引きで調べ物をする夕侑に、獅旺が横にきて心配するなと笑った。

「テーブルマナーは俺の真似をすればいい。横に座るから。挨拶はいつもきちんとできてるだろ、お前は」

「そ、そうですか」

「それよりだな――」

と話していると、呼び鈴が鳴った。

「ちょっと待て」

リビングのソファに腰かけていた夕侑をおいて玄関にいく。宅配でも届いたらしい。玄関先から宅配業者とのやり取りが聞こえてきた後、戻ってきた獅旺は大きな箱を手にしていた。

「どうやら間にあったようだな。よかった」

ローテーブルに箱をのせて言う。

「なんですか。それは」

「あけてみろ。お前のだ」

「僕の？」

箱の包装をといて上蓋をあけると、中には新品のスーツが一着入っていた。

「これは」

「以前、作りにいったものだ。やっとできあがってきたらしい」

スーツの他にシャツやネクタイ、靴下に革靴まで揃っている。

「すごい」

「ちょっと着てみろ。サイズは大丈夫だと思うが」

「あ、はい」

夕侑は寝室にいき、新品の背広に着がえた。

ネクタイを整え、クローゼットをあけて扉に造りつけられた鏡を見る。するとそこには、自分とは思えない大人っぽい青年が映っていた。シルバーグレイのスーツに少し青みがかったシャツと、濃い青紫のネクタイ。

こんな素敵な服は着たことがない。学園に入学した三年前、制服を初めて身に着けたときも嬉しかったが、あのときは成長を見越してサイズが大きかった。けれどこの背広は、夕侑の身体にぴったりあっている。

「細身のシルエットにしたから、いい感じになっているな」

部屋に入ってきた獅旺が、鏡に映った夕侑を見て満足そうに言った。

「ありがとうございます、獅旺さん」

振り返って礼を伝えると、隣にやってきて微笑む。

「気に入ったのならよかったよ」

「こんな上等な服、信じられない」

夕侑は手触りのいい生地を撫でながら呟いた。

「ご両親に会うのなら、きちんとしなきゃならなかったのに。僕はそこまで思い至ってなかったです」

色々と気がかりがあって、外見を整えることを失念していた。訪問着については全く考えていなかったから、新品の背広を着てみて、自分の古着のみずぼらしさに改めて気がつく。

「よく似合ってる」

獅旺は夕侑の前髪をすき、かるく整えるようにした。

「あ、髪も切るべきでした。だいぶ伸びてしまってて」

「どんな姿でもお前は可愛いよ」

じっと見おろし、しみじみとささやく。その瞳には愛情があふれていて、夕侑は胸が熱くなった。愛されているんだなと実感し、相手の揺るぎない熱情に目眩さえ覚える。獅子の愛は強い。見つめられ、優しくささやかれるだけで発情が誘発されそうになる。

この人がいなくなったら、自分はきっと生きていけない。獅旺を失うことになったなら、夕侑の命はその瞬間に果てるだろう。

獅旺の手が、頬に触れてくる。

そのままそっと口づけられて、夕侑は気が遠くなるような深い幸せに、怖ささえ感じて身をすくませた。

＊　＊　＊

マンションを出たのは昼過ぎだった。

新品のスーツに身を固めた夕侑は、獅旺の運転で彼の家に向かった。都心の高級住宅街にあるという邸宅には、獅旺の父親である猛康《たけやす》と、母親の真維子《まいこ》が住んでいるという。

鼓動を早める心臓を押さえながら、初めての訪問を無事に終えることができますようにと祈る。

車は幹線道路を進んでいき、三十分ほどたったところに大通りから外れた住宅街へと進路を変えた。

周囲には、見るからに凝ったデザインの屋敷が建ち並んでいる。夕侑は目を大きく見ひらいて、通りすぎる一軒一軒を眺めた。

そうするうちに、獅旺が高い塀に囲まれた堅牢な門構えの家の前に車をとめる。クリーム色の石塀は、道路に沿って敷地をぐるりと囲っていて中は見えない。テレビで見る芸能人の豪邸のような造りだ。呆気に取られて見あげていると、門が自動的にひらいていく。獅旺が慣れたハンドルさばきで車を中に入れた。

門の内側には、石畳の敷かれた車よせがあった。そこを通って、奥の駐車場前で車がとまる。

「さあ着いたぞ」

おりるように促され、恐る恐る外に出ると、目の前に真っ白な洋館があらわれた。海外のセレブが住むような、およそ日本らしくないスケールの大きな二階建てだ。

玄関アプローチには神殿のような白い柱が二本建っていて、奥にある両びらき扉の横には、大理石の立派な獅子像が二体、威容を放っていた。

ここはアルファ獅子族が住む城なのだという風格が、建物全体に満ちている。強いオーラに圧倒されて、夕侑は足がすくんで動けなくなってしまった。

「大丈夫だ。リラックスしろ」

獅旺が横にきて夕侑の肩を抱く。けれどうなずくことさえできない。彼がそっと夕侑を押して、玄関に進ませようとしたそのとき、扉があいて中からエプロンをつけた中年の女性が出てきた。

「まあ獅旺坊ちゃま」

彼女は家政婦らしい。こちらを見て嬉しそうな声をあげると、いったん扉のなかに戻っていった。しばらくしてもう一度扉がひらくと、家政婦は美しい和装の女性を伴っていた。あの人には見覚えがある、獅旺の母である真維子だ。

「んまぁ……」

上品な色あいの着物を身に着け、その着物に負けないほど優雅な真維子は、小さな悲鳴のような声をもらした。そして小走りにこちらにやってくる。

「まあ、まあ、まあっ」

それしか言わずに夕侑の前までくると、胸に手をあてて大きく喘いだ。

「んまああぁぁ……っ」

真維子は夕侑よりも背が高かった。すらりとしたモデル体型で、舞台女優のように声がよく通った。そんな迫力のある美人が、切れ長の目を大仰に見ひらいてこちらを凝視する。思わず圧に負けてかるく仰け反った。

「この方が……、大谷さん？」

夕侑に目線を固定したまま息子に問う。

「そうです。私の番になってくれた大谷夕侑さんです」

獅旺が礼儀正しく答えた。

「大谷夕侑です。はじめまして」

ぎくしゃくとお辞儀をすると、それにまた「……まぁ」という感嘆の声をもらす。

「なんて愛らしい方なんでしょう」

真維子は夕侑を頭の天辺から足の先まで眺め、ホウッと息をついた。

全く予期していなかった反応に、どう返していいのかわからず直立不動の体勢で固まる。そんな夕侑を見て、彼女がもうひとつため息をもらした。

「……まあ……オメガ性のかたには、今まで何人も会ってきましたけど……何ていうか、ヒト族でいらっしゃるのよね、大谷さんは。だからかしら、別格の魅力がありますわね……」

黄金色の瞳をキラキラさせて、さらに喉をコクリと鳴らす様子は、愛らしいというより美味しそうと言っているようで、夕侑は口元がちょっと引きつった。

「はじめまして、獅旺の母でございます。今日はようこそお越しくださいました。大したもてなしもできませんが、どうぞゆっくりとおすごしくださいませ」

両手を帯の下で重ねあわせ、美しい所作でお辞儀をする真維子に、夕侑も慌てて頭をさげた。

「こちらこそ、お招きありがとうございます。どうぞよろしくお願いいたします」

精一杯丁寧に返すと、頭上からまた「……まぁ」というため息が聞こえる。

「父さんは?」

そんな母親に獅旺がたずねた。

「ああ、そうね。中でお待ちよ。さあいらして」

にこやかに微笑んで、夕侑と獅旺を玄関に誘《いざな》う。上機嫌の真維子についていきながら、とりあえず母親には嫌われていなさそうで、夕侑はホッとした。

獅子の彫刻が刻まれた大きな玄関扉をくぐり、中に入るとそこもまた豪奢で目がくらむ。白い大理石が敷きつめられたアプローチに、その先に続く広い廊下。正面には螺旋を描く階段があり、南側一面はガラス窓になっていて、手入れの行き届いた中庭が見えた。

緊張で右手と右足を一緒に繰り出しながら、真維子の後をついていく。廊下の先には吹き抜けのリビングがあった。

高級家具や絵画で飾られた居間には、総革張りの大きなソファセットが鎮座していた。そこに父親の猛康が王様のように座っている。太陽光が惜しみなくふり注ぐ明るいリビングに、峻厳《しゅんげん》とした表情で腰をおろす姿は異彩を放っていた。夕侑の背に新たな緊張が走る。

「あなた、獅旺と大谷さんがいらしたわ」

真維子が夫に声をかけると、猛康が大きな目でギロリとこちらを睨めてきた。いかにも頑固そうな表情に笑みはない。

「ささ、こちらへ」

と父親の対面の席を勧められ、遠慮することもできずに、夕侑はテーブルを挟んだ向かい側に腰をおろした。その横に獅旺も座る。

無言の猛康に、まず獅旺が口をひらいた。

「お久しぶりです、父さん。少し遅くなりましたが、紹介します。こちらが私の番相手になってくれた、大谷夕侑さんです」

獅旺は両親には丁寧な話し方をするようだ。ふたりのときは『親父』と呼んでいるが、本人を前にすると『父さん』と呼ぶ。

それに猛康が口を真一文字に結んだまま、重々しくうなずいた。

「うむ」

鋭い眼差しが夕侑を捕らえる。琥珀色の瞳には、長年経済界を戦い抜いてきた獅子の威厳が宿っていた。

夕侑は猛獣を前にした仔羊のようになりながら、それでも背筋を伸ばしてしっかりと言った。

「お、大谷夕侑と申します。この度、縁あって獅旺さんと番にならせていただきました。ど、どうぞ、よろしくお願いします」

色々と挨拶の言葉を考えてきたが、それらがすべて頭から吹き飛んでしまい、つかえながら自己紹介だけを口にする。言い終えると、首筋に冷や汗が浮いた。

猛康はじっと夕侑を眺め、それから瞳をわずかに落とし、厳しい顔のままで静かに告げた。

「番ってしまったものは仕方がない」

低く長く唸り、眉間に皺をよせる。

「運命の番と言うからには、簡単に解消もできんだろうしな。無理に引き離せば、何をしでかすかわからんのは獅子の血から容易く想像できる」

そして夕侑を見据えた。

「大谷夕侑くん、と言ったな」

「は、はい」

名を呼ばれて、うわずった声で返事をする。

「きみを息子の番と認める取引は、本人との間でもうすんでいる。だから伴侶として迎え入れることに反対はしない。きみがこれからしなければならぬのは、御木本の番として、この家を継ぐ優秀な獅子族アルファを産むことだけだ。それさえしてくれれば、私は文句は言わん」

「まあ、あなた」

横から真維子が口をはさむ。

「そんなこと、まだまだ先のことじゃございませんか。この子たちは大学生なんですよ。それより

先にしなければならないことがたくさんあるでしょうに」

妻の意見に、猛康が片眉をあげる。しかし言い返しはしなかった。どうやらこの獅子族の女性は、夫に負けず劣らず強いようだ。

先ほどの家政婦がお茶を持ってやってくる。真維子は彼女に夕食の支度についてたずね、それから夕侑の前に手ずから茶器をおいた。

「とにかく番を得たのはめでたいことですから。お祝いしてさしあげなくちゃいけませんわ」

家のことを取り仕切る女主人の顔でにっこりと微笑む。夕侑は曖昧に笑い返した。

夕食までの数時間に、夕侑の生い立ちや将来の計画について色々と質問され、聞かれるままに答えていく。大体のあらましは獅旺に聞いて知っているらしく、真維子は相づちを打ちながら夕侑の話に聞き入った。

そうしているうちに夕食の準備が整ったと家政婦が呼びにきて、皆でダイニングルームに移動した。

立派なシャンデリアが天井から吊るされたダイニングは、白と金を基調とした豪華な造りだった。真ん中に純白のテーブルクロスのかかった十人がけのテーブルがある。案内されて座った席には、カトラリーが整然と並んでいた。その数の多さに怯む。横を見れば、獅旺が心配するなと目配せしてきた。

まず白ワインとジュースが運ばれてきて乾杯し、それから一皿ずつ芸術的に盛りつけられた料理がやってくる。

馴染みのないフランス料理はきっと美味しいものなのだろうが、夕侑は全く味わうことができなかった。獅旺を観察しながらナイフとフォークを扱い、質問が振られればそれに答えるだけで目一杯だ。

やがて、メインの肉料理が運ばれてきた。夕侑の皿には普通のステーキがのっていたが、獅子族の皿にあるのは、血の滴るような分厚いステーキだった。夕侑の肉の三倍はあろうかという塊を、真維子も悠々と平らげる。

今自分がいるのは、まさしく獅子の城なのだと三人を見ながら実感した。

そしてデザートにシャーベットが出てコースは終了し、ホッと安堵していると、獅旺と父親は飲み物を手に隣の部屋に移っていった。そこで少し歓談するらしい。暖炉の設けられたさほど広くない部屋で、父親は葉巻を持ち出して煙らせた。獅旺はたばこを吸わないので、横でコーヒーカップを手にしている。

夕侑は真維子に断って、お手洗いを借りることにした。家政婦の案内で絨毯の敷かれた広くて長い廊下を進み、びっくりするほどきれいなトイレを使わせてもらう。

用がすむと、きた廊下を引き返した。談話室にさしかかれば中から話し声が聞こえてくる。真維子はいなくて獅旺と父親だけが話をしているようだ。立ち聞きはよくないので部屋に入ろうとして、その足がとまった。

「彼がいた養護施設の施設長から、寄付の電話がきたぞ」

猛康の声だ。

「父さんのところにもですか。私のところにも電話はきています」

夕侑は全身から血の気が引いた。

――寄付？

ふたりの会話に聞き耳を立てる。

「土橋と名乗る男だったな。猫撫で声でお前のことをほめ称え、施設の窮状を卑屈に訴えてきた。どうやら建物を建てかえたいらしいが、頼まれた金額が大きかったので、その場での回答は控えておいた」

「私も同じ内容で頼まれました」

猛康の声は冷たかった。

「あの土橋という男は何なんだ？　話し方からあまりいい印象は受けなかったぞ。オメガに対しても育成というより、管理に近い物言いだった」

答える獅旺の口調も硬い。

「先日、施設訪問で当人に会ってきましたが、確かに、献身的にオメガの救済と育成に尽力しているとは言い難い人物でした。しかし施設管理者は儲かる仕事でもありませんし、彼なりに努力はしているのでしょう。オメガ専用養護施設の場合は特に維持費がかかりますから」

「ふむ。なるほど」

ふたりの会話に凍りつく。

獅旺は寄付の話を知っていた。しかも父親のほうにまで願いは出されていたのだ。

「寄付自体は悪いことではない。だが、振り込むのなら使途指定にしておくべきだろうな」

「施設長を信用していないのですか」

獅旺の問いに、父親は返事をしなかった。

葉巻の煙がこちらにまで流れてくる。煙草よりも濃厚で刺激的な香りに少しむせそうになった。

わずかな沈黙の後、猛康が言い放つ。

「御木本を利用しようとしているのかもしれぬ男の無心に、親切に応えてやる必要もなかろう」

夕侑は戸口の影に隠れ、じっと咳に耐えた。

寄付の話がふたりにもされていた。そして猛康はそれを『利用されそうになっている』と捉えた。

夕侑が施設出身だから、そのせいで御木本家に迷惑をかけてしまっているのだ。

全身が震え、恥ずかしさに消え入りそうになる。

真維子が戻ってきて話題が変わるまで、夕侑はずっと廊下のすみで小さく縮こまり、ショックで硬直していた。

*　*　*

夕食後、しばらくしてから夕侑と獅旺は御木本家を辞した。

家の外まで出てきた両親に見送られて帰路につく。その間もずっと夕侑の頭を占めていたのは、先刻の会話だった。

「どうした？　もう緊張しなくていいのに」

マンションに帰り着き、トレーナーに着がえ終わった夕侑が、ソファにぼんやり座っているのを見つけて獅旺が隣にくる。

「そうですね」

慌てて笑顔を取り繕った。獅旺に立ち聞きしていたことを知られたくはなかった。

「無事に終わって安心してるのか。心配する必要はないと言っていたのに」

まだ少し上気している夕侑の頬を、指の背でかるく撫でる。そして思い出し笑いをした。

「母はお前のことを、いたく気に入った様子だったな」

出会った瞬間からテンションが高かった真維子のことを思い返し、夕侑も微笑ましくなる。

「親切にしてもらえてよかったです」

「親父のほうは素っ気ない態度だったが、あれが普通だから気にするな」

「はい」

獅旺の両親はとてもいい人たちだった。夕侑のことを歓迎し、息子の番として受け入れてくれた。会う前はどうなることかと案じたが、それも杞憂に終わった。

だからこそ、寄付の話が心に重くのしかかる。

「獅旺さん、あの……」

「うん？」

聞いてしまおうか。寄付の申し出を御木本家ではどのように扱うつもりなのか。

喉元まで出かかった問いを、しかし言葉にすることはできなかった。

獅旺は土橋から連絡がきていたにも拘わらず、それを夕侑に明かしていなかったからだ。

もちろん自分だって話題にしていないのだから、それについてどうこう言うつもりはない。けれど、どうして話してくれなかったんだろう。その理由がわからないから、たずねることができないのだった。

もしかしたら、寄付の問題を面倒に感じたのかもしれない。施設長の態度に誠意がなかったから断るつもりにしていて、それで黙っているということもあり得る。

番になったとたん、まるで砂糖にたかる蟻のように夕侑の関係者が無心してきたことを不快に思っているのだとしたら――。

夕侑は全身が震えた。

「なんでもないです。あの、僕はご両親の前でちゃんとしていましたか」

怖くて聞くことができなくて、とっさに別の話題にすりかえる。それに獅旺は眉をよせた。

「あたり前だ。お前は優等生のように礼儀正しかったぞ」

「それはよかったです」

御木本家に迷惑をかけたくない。大好きな人の両親に軽蔑されたくない。

夕侑の瞳が揺らいだのを、獅旺は不思議そうに見てくる。

愛されながらも不安に怯える自分の番に、何か疑念を感じたようで、眼差しに問う色がよぎった。

けれど夕侑はそれ以上、胸中を知られたくなくて、誤魔化すように明るく微笑んだ。

第五章

自分ひとりの力で、この問題を解決することはできないだろうか。

どうにかして、御木本家に負担をかけない方法でことをおさめたい。

週明けのアルバイトで、夕侑はそんなことを考えながら仕事をした。

品出しを沈んだ顔で続ける夕侑を、レジにいる虎ノ介も気にする様子で眺めてくる。けれどこの前獅旺ともめたせいか、安易に声をかけてはこなかった。

もうすぐ辞めることもあり、夕侑からも虎ノ介に気軽に話しかけることはしていない。お互い無言で自分の仕事をこなした。

昼休みになると、バックヤードの休憩スペースに移動して、ミニリュックから弁当のおにぎりと水筒を取り出す。

けれど食欲は全くないので、おにぎりをテーブルの上においたまま、週末ずっと悩んでいたことをまた頭の中で繰り返した。

獅旺に知られずに、寄付のことを何とかうまく終わらせたい。なかったことにするのは不可能だとしても、土橋に連絡して、御木本家への願いを取りさげてもらうことはできないだろうか。まだ番契約をしたばかりで、御木本家と夕侑の関係は何も築けていないからという理由で納得してもらえないか。

けれどそうなると、施設は古くて傷んだままになる。子供たちのためを思えば、寄付をお願いしたほうがいいのに、夕侑の都合でそれを断るのだ。

だったら当初の通り自分からも援助を頼むべきなのだろうかと考え直して、しかしそれも御木本家の迷惑に……と最初の思考に戻ってしまう。

「困ったな……」

頭を抱え、やはり獅旺に話そうかと煩悶する。だが相談すればきっと彼は夕侑のために、父親に寄付を勧めるに違いない。

「でもお父さんは、僕と園長先生がお金の無心をすることを快く思っていない」

いきづまった思考を何度もかき回し、悩みに悩む。考えすぎて頭がぼうっとしてきたころ、最後にひとつの答えにたどり着いた。

「やっぱり園長先生には、寄付のお願いをさげてもらおう。その代わり、僕が稼いだ給料を施設に寄付することにする」

ほんの少額だろうけれど、これから先も、自分が働き続ける限り援助していく。そう伝えよう。

御木本家にお願いする金額に比べれば雀の涙だろうが、それでも少しは足しになる。そうして大学で勉強して、福祉関係に就職して、そのときになったら今度は自分で企業や個人を訪問して寄付を募ろう。子供たちには待たせてしまうけど、その間は夕侑ができるだけのことをしていく。

自分が育った施設なのだから、自分が助けなければならなかったのだ。

「これを園長先生に話して、相談してみよう。納得してもらえればいいんだけど……」

説得力があるかどうか不安だったが、オメガの自立を謳う明芽園なのだし、話せばきっとわかってもらえるはず。

心を決めたら早いほうがいいと思い、気持ちが変わらぬうちにと夕侑は土橋の携帯に電話をかけた。

スマホを取りだし、連絡帳から番号をタップする。しかし何度かけてもつながらなかった。

仕方なく明芽園の固定電話に連絡を入れる。

『はい、明芽園でございます。あら、夕侑くん』

と言って電話に出たのは女性職員だった。

職員は夕侑にこの前のお礼を伝えた後、土橋は現在、都内の山上ホテルでの会合に出席するため出張中だと教えてくれた。今日は泊まりで、明日施設に戻るという。

礼を言って電話を切った後、夕侑は山上ホテルの場所を検索した。すると、ここから数駅先にあることがわかる。

「だったら現地にいって、直接会ったほうが早いな」

顔をあわせて説得したほうが、電話よりずっと気持ちが伝えやすい。

今から出向いて、話をして帰ってくれば五時までには戻れる。店長に頼んで、早退させてもらえそうならホテルにいってみよう。そう決めて夕侑は椅子から立ちあがった。

そのとたん、頭がクラリとして倒れそうになる。慌ててテーブルに手をついて身体を支えた。

「っ……、どうしたんだろ。貧血かな」

昼食を食べていないせいかもしれない。けれど今は気にしていられなかった。

バックヤードを出て、レジにいた店長に声をかける。

「すみません。あの、急なことで申し訳ありませんが、早退させてもらえないでしょうか」

いきなり願い出た夕侑に、店長は訝しげな顔をした。

「どうしたんだい。何かあったの？」

「どうしても、いかなきゃならないところができてしまって。今からじゃないとダメなんです。それで、すぐにここを出発したいんです」

奥のレジに立っていた虎ノ介も、焦る夕侑に驚いた様子を見せる。

「お願いします」

「まあ……、今日は僕もずっといるし、無理ではないけど。大丈夫、大谷くん。顔が赤いよ？」

「えっ」

すると虎ノ介がこちらにやってきて言った。

「発情《ヒート》きてますよ」

夕侑は目をみはった。

「え……」

「匂いがする」

まだ自覚はないのに。

「この前、きたばかりなのに、また発情がきてるんすか?」

「僕、すごく不定期なんです」

虎ノ介に説明すると、横で店長が答えた。

「ああ、そうなの? 僕はベータだからわかんないや。けど、発情期ならあがっていいよ。仕方ないね」

「そ、そうですか。すみません」

礼を言って、バックヤードに踵を返す。頭はボウッとしていたが、さほどつらくはない。これから発情期がやってくるのかもしれないけれど、まだ下半身には何の変化もなかった。

更衣スペースのロッカーをあけて制服を脱ぎ、ミニリュックを背負って、タイムカードを押してから店先に出た。

「すみません。ありがとうございます」

ふたりに何度もお辞儀をして、出口に向かう。

「夕侑さん、だいじょぶっすか」

すると後ろから虎ノ介が声をかけてきた。

「ええ。まだ全然、大丈夫です」

山上ホテルへいって、土橋に会って話をするぐらいはできる。夕侑は自動ドアを抜けて駐車場に出た。

そのとたん、また目眩を覚える。

「……ん」

少しよろめくが、すぐに足に力を入れて踏ん張った。

「昼食、食べてないせいかな。ホテルについて会合が終わるのを待つ間におにぎりを食べよう」

考えながら駐車場を出て、急ぎ足で駅に向かう。しかし歩いているうちに、だんだんと身体が熱くなってきた。

発情が進んでいるのだろうか。けれどまだ十分動ける。

せっかく早退したのだし、施設長もすぐ近くに滞在しているのだから、この機会を逃したくない。彼と話さえできれば、帰りは多少つらくても休みながら戻ってくればいい。もう発情期だからって怖がることはないのだし、少しは匂うかも知れないが、虎ノ介も焼肉を食べたくなる程度だと言っていた。それよりも、土橋に会ったら何て説明しようかと、そのことで頭が一杯になる。

夕侑は一心に歩道を進んでいった。

しばらくいくと、前を歩いている男性がいきなり歩をとめる。見あげれば、交差点にさしかかっていた。赤信号でとまったらしい。夕侑はまた俯いて考えごとに戻った。

何となく前に立つ人のかかとを眺めていたら、その足が前に動いていく。夕侑もつられて歩き出した。男の足を見ながら進んでいると、いきなり相手が走り始める。

あれ？　と思い顔をあげれば男はもう交差点を渡り終えていた。急いでたのかな、と考えた瞬間、すぐ後ろを自動車が駆け抜けていった。

「え？」

周囲を見ると、横断歩道を歩いているのは自分だけだ。

「なんで？」

目に入った信号は赤色をしている。

男は信号無視をして横断歩道を渡り、ぼんやりしていた夕侑はそれについてきてしまったのだ。

「え？　あ……」

どうしよう。早く渡らなきゃと思ったとき、甲高いブレーキ音が響き渡った。

振り返るとすぐ近くに自動車が迫ってきている。驚いた夕侑は、とっさに身体がすくんで動けなくなった。

――轢かれる。

一気に車体が接近し、恐怖に目を見ひらく。

弾き飛ばされる覚悟をした刹那、一陣の風が吹いた。

もの凄い力で全身が引っ張られ、手足が宙に浮く。しかしそれも一瞬で、次には道路に腰が打ちつけられた。そのまま地面を引きずられる。

「……っ」

目をあけたとき、夕侑は交差点の反対側で転がっていた。

何が何だかわからず呆気に取られていると、横で獣の唸り声がする。

「グルウウルルッ」

振り返ればそこには大きな虎がいた。縞模様の前足に破れたアロハが引っかかり、後足には前立ての弾けたカーゴパンツが絡みついている。

「……虎ノ介さん？」

驚く夕侑に、虎はもう一度牙を剥いて吼えた。そしてそのままヒトの姿に変化する。

「何やってんすか！　夕侑さん！」

人間になっても怒り顔のままで、大声で叱る。

「あのままあそこにいたら車に轢かれてましたよっ。死ぬつもりなんすか！」

太い眉をつりあげ鬼の形相で怒鳴る様子に、夕侑も恐怖が呼び覚まされた。

「あ……」

夕侑を轢きそうになった車は、路肩に一旦停止し、若い男が運転席から「気をつけろ！」と叫ぶとそのまま発進していった。

騒ぎを遠巻きにみていた通行人は、何事もないとわかれば、それぞれに散っていく。

呆然とする夕侑を起こして、虎ノ介は歩道の脇に移動した。

「いったい、どこいこうとしてたんすか」

虎ノ介が破れかけたカーゴパンツをずりあげながら言った。

「コンビニを出たときからふらついてたから心配で、店長に断って店出てきたんすよ。駅に向かうみたいだったんで、そこまでは送ろうかと思ったら、いきなり赤信号なのに渡り始めて。何してんだって肝が冷えた」

ビル横にある花壇の端に、一緒に腰かけて話をする。

「ごめんなさい」

「それで急いで獣化して、服に噛みついてこっちまで引っ張ってきたんだけど。……怪我してるでしょ」

「え?」

虎ノ介が、夕侑の腕を指さした。見ればトレーナーが破け、肘から手首にかけて擦過傷ができている。

「ほんとだ」

「引きずったときにできたんだな」

「でも、痛くはないですから」

血が滲んでいたが、大した傷ではない。

「発情もきてんのに、ひとりで出歩くのは無理っしょ。それともカレシさんのとこにいこうとしてたの?」

「いえ」

夕侑が否定すると、虎ノ介が目を眇めた。

「じゃあどこに?」

きつめの口調で問われて、迷惑をかけた手前、話さないわけにはいかなくなった。

「実は……園長先生が山上ホテルに出張できてて。そこにいって、寄付について話をしようかと思ったんです」

「急ぎの要件なの？」

夕侑はうなずいた。

「このことは獅旺さんに知られたくないから、彼が帰ってくる前にすませたかったんです」

虎ノ介が険しい表情になる。

「寄付の件、まだ解決してなかったんすね」

「僕の問題だから。僕ひとりで解決しようと考えて」

「そうすか」

虎ノ介は「ううむ」と唸ると、髪をかいて言った。

「じゃあ、その山上ホテルまで、俺が連れてってあげますよ。俺の車でいけば二十分ほどで着くっしょ」

「えっ。で、でも、虎ノ介さんはバイト中じゃないですか」

「店長に早退を頼みます。なに、今日は店長ずっと店にいるって言ってたし。ひとりでも大丈夫でしょ」

「そんな」

「発情し始めてるから、そっちのほうが早いし安全だ」

「虎ノ介さん」

「さっさとすませて戻ってくれば、カレシにも気づかれずにすむかもですよ」

虎ノ介が立ちあがり、破れかけた服を整える。

「俺には遠慮する必要ないすよ」

夕侑が見あげると、虎ノ介は笑顔になっていた。

「すみません。……じゃあ、申し訳ないけど、お願いします」

「おけ。それでいぃ」

夕侑は虎ノ介と一緒に、きた道を引き返した。

そしてコンビニの駐車場にくると、虎ノ介は夕侑を先にアパートに向かわせた。

「店長と話してきます。そんで、着がえてからいきましょう。その前に、怪我の手あてしないと」

「僕は大丈夫です」

「いや、バイ菌入ったら膿むし」

虎ノ介は言いながら店内に入っていった。夕侑がアパートの階段にさしかかるころ、走って戻ってくる。手にはレジ袋がぶらさげられていた。

「店長、早退していいって」

「ああ、よかったです」

「まあシフトに関しては、緊急のときにいっつも助けてるし。これぐらいは融通きかせてもらわないと」

虎ノ介が自室のドアをあける。

夕侑は以前、中に入って獅旺に怒られた事を思い出して少し躊躇したが、「さあ早く」と促されて素直に従った。虎ノ介の匂いがついたら後で何か理由を考えよう。

「すぐにすませて出ましょう。夕侑さん、そこの流し台で傷口洗って。それでこれ貼るから」

「はい」

レジ袋の中には傷パッドが入っていた。夕侑のために買ってきてくれたらしい。

「すみません、何から何まで」

「別にいいっすよ」

傷口の汚れを水道水で洗い流し、もらった紙タオルできれいに拭う。

「じゃ、そこ座って」

「はい」

部屋のすみに腰をおろすと、虎ノ介が傷パッドを一枚ずつ腕に貼っていった。

「痛いっすか」

「いいえ。大丈夫です」

発情期のせいか、痛みもぼんやりしている。

「これ終わったら、俺も着がえるんで」

「はい」

「で、カレシさんとは、もめてるんすか」

手あてを続けつつ、虎ノ介がたずねてきた。

「いいえ。そんなことはないです」

「うまくいってんだ」

「はい」

「それなのに、秘密がいくつもある、と」

傷口が広範囲なので、何枚もパッドを重ねていく。

「……獅旺さんは」

夕侑は傷口がシリコンパッドにおおわれていくのを眺めながら、ぽつりと口にした。

「僕にとって、ヒーローなんです」

虎ノ介がチラと夕侑を見あげて、また手を動かす。

「ヒーローって、誰からも愛されて、尊敬されて、憧れられる存在でしょう」

いきなりヒーローについて語り始めた夕侑に、虎ノ介はただ口角をあげただけだった。

「いつも太陽みたいに輝いてて、見ているだけで幸せになれる。困ったときは助けにきてくれて、悪い奴からも守ってくれる、そんな光のような存在……。番になる前、獅旺さんはとても遠い人でした。学園でも生徒会長や寮長をつとめ、勉強もスポーツもずば抜けて優秀で、皆が彼を賞賛していました。僕は自分と結ばれるとは思ってなかったから、番契約をしたときは夢みたいに嬉しくて」

うなじを噛まれて、離れられない関係になったときの幸せを思い出す。

「だから、あの人を傷つけたくないんです。悩ませたくないし、誰かにみっともないとか悪く言われるのも耐えられない。……その原因を作るのが自分だとしたら、僕は、自分であっても許せない」

「夕侑さん」

「獅旺さんは、傷ひとつない宝石みたいに光ってて欲しいんです。そうあるべき人だから」

虎ノ介の顔に苦い笑みが浮かんだ。

「夕侑さんは、獅旺さんを守ってあげたいんだな」

「え?」

思いがけない言葉に、瞳を瞬かせる。

「あの人に、守られてるのは僕ですよ」

「どうかな。そうさせているようで、そうしてるのかもだね」

手あてが終わり、ゴミをレジ袋に放りこみながら虎ノ介が笑う。

「そのせいで、夕侑さんはひとりで全部問題を抱えようとしてるんだ」

言われている内容がよくわからなくて、戸惑いつつ目の前の人を見返した。

「まあいいや。俺、着がえるんでちょっと待っててもらえます?」

「あ、……はい」

虎ノ介は、夕侑の横に積んであった洗濯物をかき回した。

「ちゃんとしたホテルにいくには、それなりの恰好じゃないといけないよな」

と呟き白いシャツを掘り出す。隣で破れた服を脱ぎ始めたので、顔を横に向けた。

そうして言われたことを考える。

「僕が獅旺さんを守りたいと思っていて、だからひとりで問題を解決しようとしている……」

虎ノ介の口調は、夕侑の行為を決してほめているものではなかった。

ということは、自分のしていることは間違っているのだろうか。

「そうなのかな」

呟いたとき、遠くから自分を呼ぶ声が聞こえた気がした。

夕侑、とかすかに耳に届く。

もう一度、今度は強く、夕侑、と。

その声の主は——。

「獅旺さん?」

玄関を振り返ると、いきなり外階段を駆けあがるガンガンという大きな足音が響いてきた。まるで怒りをぶつけるかのような靴音が外廊下を揺らす。

そして部屋の前までくると、前触れもなくドアがガンッとひらいた。

「えっ」

玄関口に、栗色の髪を逆立てて、殺気もあらわな獅旺があらわれた。

「——どうして?」

夕侑と虎ノ介がビックリすると、獅旺がそれを見て牙を剥く。

「俺の番に何をしてる」

低くドスのきいた声で問いかけ、部屋に一歩踏みこんだ。視線の先には、ほぼ全裸の虎ノ介がいる。

「獅旺さん、なんで、ここに」

困惑する夕侑に目を移して言った。

「講義が午前中で終わったから、様子を見にきたんだ。昨日から態度がおかしかったからな。そうしたら近くでお前のフェロモンと血の匂いがして、何があったのかと急いで辿ってきたら」

「……え」

「貴様、夕侑を自分の巣に連れこんで襲うつもりだったのか」

犬歯を見せ、虎ノ介に問いただす。

「そんな馬鹿な。ちげぇし」

「ならなんでそんな恰好で、のしかかろうとしてる」

「誤解だ」

「誤解できる状況か」

「獅旺さん、待って。本当に違うんです」

夕侑が間に入ろうとしたが、怒りに囚われた獅旺には聞こえていなかった。

「ずっと狙ってただろう、俺の番を」

瞬間、獅旺の身体がバチバチッと音を立てて変化する。

困惑するふたりの前で、あっという間に服を破いて獣化した。

怒りに顔を歪めた獅子が、地響きのような咆吼をあげる。と思ったら、いきなり虎ノ介に襲いかかった。

「獅旺さんッ」

「うお。バーストしやがった」

飛びつく獅子を身軽によけた虎ノ介が、ベッドの上に逃げる。

「この野郎、フェロモンと血にあてられたな。冷静じゃなくなってる」

追いかけてくる獅子を、またひらりとかわした。

「クソッ、こりゃかなわん」

悪態をついて虎ノ介も獣化する。転がりながら虎に変わると、床に四本の足をついて体勢を立て直した。

狭い部屋の中で、大型の肉食獣が対峙する。

「グアオオオゥゥッ」

獅子が怒りの叫びをあげて、部屋を揺らした。虎も仕方なく攻撃態勢に移り、威嚇の牙を見せる。

獅子が怯むことなくジャンプして突進すれば、虎は前足をあげて獅子を受けとめた。二匹がもつれあって部屋の中を転げ回る。

「――うわっ」

机や棚がバキバキと音をたてて壊れ、服や小物が舞い散った。

「ガウウウルルッ」

「ギャオウウッ」

二メートル越えの猛獣が荒れ狂い、古いアパートがギシギシ軋む。ドタンバタンと音が響き、このままでは大騒ぎになると夕侑は声を張りあげた。

「獅旺さん、やめてください、お願い、やめてっ」

懇願するも獣たちの声にかき消されてしまう。獅旺は完全に我を忘れていた。金色に光る目には怒気しかない。そんな姿に恐怖を覚える。

どうしよう、どうしたら正気に戻ってくれるのか。

衝撃のせいで発情が進み、頭が回らなくなってきている。焦って混乱して、けれど獅旺を宥めたくて、とっさに獅子に飛びかかった。

広い背中にすがりつき、声の限りに訴える。

「獅旺さん、やめてっ」

しかしヒトの力では獅子に敵わない。虎を打ち負かすことに夢中になっていた獅子は、夕侑を弾き飛ばした。

「――あッ」

吹き飛ばされた夕侑が、柱に背を打ちつける。それを見た虎が、怒りを新たにした。

「グウアアオウゥゥ」

大きく口をあけて、獅子に噛みつこうとする。獅子も同様に唇をめくれあがらせて牙を剥いた。

「ガオオオォォゥッ」

「やめて、そんなことしたらふたりとも死んじゃうっ」

夕侑はもう一度、獅子に向かって走りよった。虎の首を噛もうとする獅子の口に、考える間もなく横から自分の腕を枷のように突っこむ。

獅子の歯が、夕侑の腕にめりこんだ。

――噛みちぎられるっ。

覚悟した瞬間、獅子の動きがピタリととまった。

「…………ッ」

驚愕に目をみひらき、力の限りに顎を固定する。

獣の反射神経で口の中に入っているのが番の手と認識し、大きく身体を震わせた。そうして戸惑いの呻きをあげる。

夕侑はもう一方の手を首に回し、力一杯抱きついた。

「お願い……やめて、獅旺さん」

必死に懇願すれば、獅子はわずかに冷静さを取り戻した。ゆっくりと、虎から身を引く。

虎も警戒しつつ、ふたりから距離を取った。

獅子は夕侑の腕をそっと舐めると、舌で口から押し出した。たてがみに顔を埋める自分の番に目を移し、やるせない眼差しになる。

仕方なさそうに低く唸ると、そのままヒトの姿に変化《へんげ》した。首にすがりつく夕侑を両手で抱きしめ、虎に向き直る。

「俺の番が、お前をかばった」

まだ完全に怒りがおさまったわけではなさそうで、睨みつける獅旺に、虎が首をかるく傾げる。

「違うんです、獅旺さん。誤解しないで。虎ノ介さんは、僕のことを助けてくれたんです。……襲おうとなんかしてません」

夕侑は腕に力をこめて訴えた。

「僕が、発情してるのに、出かけて、車に跳ねられそうになったのを、虎ノ介さんが獣化して助けてくれたんです」

「車に？」

獅旺が夕侑に視線を移す。

「怪我をしたのか？」

「……少し、腕をすりむいて」

「それで血の匂いがするのか」

獅旺は傷口を確認した。

「虎ノ介さんは、怪我の手あてをしてくれて、破れてしまった服を着がえようとしてたんです」

夕侑の説明に、けれど獅旺は眉根をよせる。

「怪我の手あてと着がえのために、お前をここに連れてくる必要があったのか？」

まだ疑いを浮かべた目で、部屋の中を見回す。

「それは……」

答えられなくなった夕侑に、獅旺がさらに問いただした。

「発情しているのに、どこに出かけようとした？」

「……」

黙りこんでしまうと、そんな姿を見ていた虎が獣化をほどく。裸の虎ノ介があらわれて、獅旺が苦い顔になった。

それに構わず、虎ノ介はあぐらを組むとこちらに向かって言った。

「言えないのには理由があるんっすよ」

ふてぶてしい態度に獅旺の眉がよる。しかし虎族の大男も怯まなかった。

「横から口を挟んで申し訳ないっすけどね、第三者の俺から言わせてもらえば、こういう事態を招いたのは――」

そして顎をしゃくる。

「夕侑さん、あんたが悪い」

断言されて夕侑は目を見ひらいた。

虎ノ介の言葉に、獅旺が訝しげな顔になる。

「あんたが、いくつもの問題をこの獅子に隠して、ひとりで解決しようとグルグル悩んでたから、こういう事態に陥ったんだ」

遠慮のない言い方で意見すると、手元にあった壊れたヘッドホンを手にした。それは片方の耳あてが取れていた。

虎ノ介の言うことはもっともだったので、夕侑が素直にうなだれる。

「すみません……」

心から反省して謝れば、獅旺が憮然とした表情になった。

「俺の番を悪く言うか」

それに虎ノ介が呆れ声を返す。

「ていうか、言わせなかったのは、獅子さん、あんたが悪いよ」

ヘッドホンを揺らしながら、獅旺のことも非難した。

「あんたがそういう高圧的な態度だから、夕侑さんが萎縮しちまうんだ」

ズケズケと指摘する虎の大男に、獅旺が「むう」と唸って唇を引き結ぶ。

虎ノ介はヘッドホンを投げ捨てると、メチャクチャになった部屋の中を見渡してため息をついた。

「つか、こうなったらもう、全部ぶっちゃけたほうがいいんじゃね？　でないと夕侑さん、こいつまたこんな騒ぎ起こしちまうよ。んで、今度は本当に死人が出るかもよ？」

かるい口調で怖いことを言われて、震えあがる。

「……わかりました。ちゃんと言います」

「ん。それがいい」

大きくうなずいて、やっと強面に笑みを見せた。

そして大ぶりな鼻をクン、と鳴らす。

「で、あんたら、他の部分でも切羽つまってるみたいだけど」

まだ肩で荒い息をついている獅旺に、虎ノ介がニヤリと悪い顔で笑った。

「どする？　家に帰る？　それともこの部屋使う？」

問われて、獅旺が顔をしかめる。

頬を火照らせる夕侑に視線を移し、負けた表情で小さく「……家に帰る」と呟いた。

＊　＊　＊

マンションまでの道のりを、獅旺は夕侑の手を引いて急ぎ足で進んでいった。

呼吸を乱し、肩をいからせ、けれどつとめて冷静にたずねてくる。

「どこへ出かけようとしてたんだ」

服を破いてしまった獅旺は、虎ノ介に派手なアロハシャツと蛍光色の短パンを借りていた。嫌がらせのようにさし出してきたそれらを、獅旺は黙って身に着けたのだった。

「山上ホテルに、園長先生がきていて、そこにいこうと思ったんです」

覚悟を決めた夕侑は、正直に話した。

「寄付の話を、取りさげてもらうために」

「寄付？」

獅旺が聞き返す。

「はい。園長先生が、獅旺さんとお父さんにお願いした寄付の話です」

「お前も知っていたのか」

ちょっと驚いた顔になる。

「ええ。この前、明芽園にいったとき、僕も園長先生にお願いされましたから」

「そうか。で、なんでそれを断りにいったんだ」

夕侑はそこで少し口ごもり、けれど隠さずに明かした。

「……この前、お家に招かれたとき、お父さんと話していたのを聞いてしまって。おふたりが寄付を迷惑に感じてると思ったので、それで、お願いをなかったことにして欲しくて。……すみません、立ち聞きしてしまって」

「聞いていたのか。まあそれはいい。けど、どうして俺と親父が迷惑がってると思ったんだ」

「ふたりの話し方がそんな感じだったから……」

「そうか」

獅旺が夕侑の肩をギュッと抱きよせる。

「それで誤解したんだな」

眉宇を曇らせ、難しい顔になった。

「俺も親父も、寄付自体を迷惑に思っているわけじゃない。ただ、あの施設長の示した口座に金を振りこんで、それで終わりという形にしたくないだけなんだ。支援するのなら、どんな用途に使われたのか把握したいし、どれほど効果があったのかも知りたい。だから援助は御木本が関わる福祉の財団法人を通すなどの方法を考えている。慈善事業は母の担当だから、母とも相談してこれから計画していくつもりだった」

「そうなのですか」

「オメガ専用養護施設はあそこだけじゃない。全国にある施設を長期にわたって支援しなければ、子供たちのためにならないだろう。それで、詳細が決まったらお前にも伝えるつもりでいた。それまでは秘密にしておくつもりだった」

「秘密に？」

なぜ、という顔で相手を見る。それに獅旺は口のはしをあげて言った。

「決定してから明かせば、お前はきっとビックリしてすごく喜ぶだろう。俺はその顔が見たかった」

思いがけない告白に、驚いて目をみはる。

獅旺が話さなかったのは、夕侑を喜ばせたかったからなのだ。

「……そんな。……そうだったんですか」

知らなかった事実に呆然となる。そんな夕侑を、獅旺はさらに抱きよせた。

「お前は寄付のことを知らないと思っていたからな」

「ごめんなさい。僕が勝手に誤解して、おふたりが不愉快に感じているなんて思いこんでいたばっかりに」

「だからお前も、俺に話せなかったのか」

納得して、理解の笑みを見せる。

「俺も自分の目で施設の現状を見てきているから、支援には大いに賛成だ。あの小さな子供たちを助けられるのなら、俺だって嬉しい」

明芽園で、児童らに囲まれていた獅旺を思い出す。

「ありがとうございます」

「うん。だから、施設長のところには、もうお前がいく必要はないぞ」

「はい」

夕侑は深く安堵し、自分を支える逞しい腕により添った。

話しているうちにマンションに着いたので、エントランスをくぐって、エレベーターに乗りこむ。その間に、発情も強くなっていった。心臓がトクトクと波打ち、吐く息も次第に濃くなる。もどかしくも切ない痺れが、秘められた場所をくすぐってきた。

頬を赤くして唇を引き結ぶと、隣の獅旺からも雄のフェロモンが漂い始める。野性的で、理性を屈服させる麻薬のような香りだ。

「……ん」

思わず声がもれた。すると獅旺は手を肩から腰に移して、ギュッと掴んできた。

「あッ」

強い刺激に背筋がわななく。

「フェロモンが強くなってきたな。けど、まだ聞いていないことがある」

「……ぇ」

エレベーターが最上階に着くと、獅旺は部屋まで足早に進んだ。玄関に入るとすぐ、しめた扉に夕侑を押しつける。

「——ぁ」

ドアと相手に挟まれた状態で、獅旺が顔を近づけてきた。

「さっき虎が言っていた。お前は俺にいくつもの問題を隠していると。ということは、まだ秘密にしていることがあるな」

強い口調に胸がゾクゾクする。

「……はい」

「それを全部言えよ」

詰問されて、もう隠し通すことはできないと観念した。

ずっと心の中にわだかまっていた望みを、かすれ声で明らかにする。

「アルバイトを、……辞めたくないんです」

「何？」

獅旺の目が見ひらかれた。

「ごめんなさい」

思わず謝ると、相手の表情から険しさが消える。わずかに口をひらき、思いがけないことを聞いたという顔に変わった。少し唖然となってこちらを見おろす姿に、罪悪感からもう一度謝罪する。

「ごめんなさい。あんなによくしてくれたのに、我が儘を言ってしまって」

「いや」

獅旺は驚き顔のまま、首を振った。

「それを隠してたのか」

唇を引き結んだ夕侑が、小さくうなずく。

「なぜ言えなかった」

それにはどう答えていいのかわからず、ただ瞳を震わせた。

「ああ、そうか……俺が高圧的に辞めろと言って、勝手に新しい店まで探してきたから、怖くて逆らえなかったのか」

「違うんです」

声を張りあげる。

「そうじゃないんです。獅旺さんが僕のことを考えて、あの店を探してくれたのはよくわかってます。怖かったんじゃなくて、嬉しかったから言えなかったんです」

「嬉しかった?」

一気に言葉にすると、感情もあふれてきてとまらなくなる。

「あのお店はとても素敵でした。あんな場所で働けるのならきっと楽しいと思いました。けど、僕は、今の仕事もすごく好きで、毎日、色々な人と出会って色々な出来事があって、失敗もするし虎ノ介さんというすごい人もいるけれど、あそこでの仕事が、楽しくて仕方なかったんです」

そこまで言って、大きく喘ぐ。

「……でも、それで、獅旺さんに嫌な思いをさせるのなら、僕自身も、そんなこと、したくなくて……だから……」

「だから言えなかったのか」

震えるように、何度もうなずいた。

「そうか……」

獅旺はうなだれて、苦い口調で言った。

「俺がお前に仕事を辞めて欲しかったのは、あの虎のそばにお前をおきたくなかったからだ。それは俺の勝手なエゴだった」

自嘲するように呟く。

「それがお前を苦しめてたんだな」

「獅旺さん……」

「悪かった」

獅旺は夕侑の肩に頭をのせて謝罪した。

「ただ、可愛がりたいだけなのに、いつもどうしてかうまくいかない」

後悔を伴った響きに、胸が締めつけられる。

「獅旺さんはいつだって僕に優しいです。ものすごく」

夕侑は両手を伸ばし、栗色の髪に触れた。

「……僕は、あなたに出会うまで、本当の愛を知らなかった。あなたに教えてもらって、初めて、自分よりも大切なものを知ったんです」

夕侑の大好きな、たてがみを思わせるくせ毛を、そっとなでる。

「あなたは僕の唯一無二のヒーローです。だから失いたくなかった」

ふたりの関係に罅《ひび》を入れたくなくて、できる限りのことをしようとした。

それが、結果的に誤解を生んでしまった。

「俺がお前から離れるか」

無用な心配だと獅子が笑う。

「運命の番なのに」

熱い吐息まじりにささやかれ、心に残っていた憂いが消えていった。

「お互い、相手のことが好きすぎるようだな、俺たちは」

互いの鼻先が触れあう距離で、獅旺が苦笑する。それに夕侑もつられて微笑んだ。

「愛してる」

呟きと共に、唇が重ねられる。

「僕も……」

夕侑もあふれる想いを伝えたくてそれに応えた。

——誰よりも。愛してる。

「お前だけだよ」

口づけを繰り返し、相手がもどかしげにささやく。

唇を食む力が次第に強くなり、口内を乱暴に嬲られて目眩がきた。

「……クソ、話すのが、つらくなってきた。俺も、もう……」

大きな手が夕侑の身体をまさぐる。その仕草に熱も高まっていった。

「僕、も……もう、欲し……」

発情がピークを迎えている。

「ここで服を脱げよ。虎の匂いがついてる」

「……はい」

獅旺は夕侑のトレーナーを首から抜いて、腕の怪我を確かめた。

「これぐらいなら痕は残らないだろう」

シリコンパッドの下には血が滲んでいたが、大した傷ではない。

「痛むか？」

「いいえ」

潤んだ瞳で答えると相手の口角があがる。そして夕侑のベルトを外し、汚れたボトムと下着を抜き取った。

「まずはシャワーだ。それからベッドにいこう」

獅旺は自分も手早く全裸になった。脱いだ服を床に放り投げて、夕侑を風呂場に引っ張っていく。

浴室に入ると、ふたり一緒に熱いシャワーを浴びて外の匂いを流し去った。

濡れた唇を何度も重ね、その間、獅旺は夕侑の身体のいたるところに手を這わせた。

「まだ匂いが落ちないな」

夕侑にはわからない微細な匂いも、獣人の獅旺は気にかかるらしい。ボディソープをたっぷり塗られて、どこもかしこも洗われた。

「も、も、だいじょ、ぶ……」

ぬるぬるした感触が、弱いところを容赦なく攻めてくる。

獅旺は自分にもボディソープを乱暴にかけると、夕侑の手を導いて胴体を洗わせた。抱きあった状態で、互いの背中を撫でてこする。

「これでいいか。もうお前の匂いしかしない」

そして泡をきれいに流してから、浴室を出た。

獅旺は夕侑をバスタオルで包み、自分は適当に拭ってから横抱きにした。

「獅旺さん、まだ濡れてます」

「構うもんか。どうせベッドでまた濡れる」

雫の落ちる身体を軽々と抱きあげて、寝室に連れこむと、ベッドにのりあげ真ん中におろした。

獅旺のほうは裸で、まだ湯が髪から滴っている。金茶色の瞳をおおう栗色のまつげにも雫が絡んでいた。

それが陽の光にキラリと輝く。

「夕侑」

小さな宝石に見蕩れていると、低い声で呼ばれた。

「もうこれで、俺に隠してることはないか」

声を紡ぐ唇も、水を含んで艶めいている。

「……はい」

全部話したはずだと思い、夕侑はすぐに答えを返した。しかしそうではないことを、触れてきた指先が明らかにする。

首から鎖骨へと辿る手に、まだ隠しごとがあるのを思い出した。けれどそれはとても恥ずかしい秘密で、口にするのは到底無理だった。しかしこれ以上、嘘をつくのは——。

少しの迷いが顔に出てしまったらしい。目ざとく獅旺が指摘した。

「まだあるのか？　言えないようなことが」

夕侑の肩から、はらりとバスタオルが落ちる。肌をなでる布の感触に、獅子の被毛がよみがえった。

「もうひとつ、だけ、ありました。けど、それは……」

「それは？」

頬を赤くする夕侑に、獅旺が不思議そうにする。

「何だ？　言ってみろ」

促すように、四本の指を使って、胸の上を掃くように滑らせた。

「それ、は……、口にするのは、恥ずかしい、から」

「恥ずかしい？」

予想外の言葉に、相手は喜色を浮かべた。

「ふうん。そうなのか。それは絶対に知りたい」

手を段々と下腹に移していく。みぞおちからへそに移るもどかしい動きに、発情が高まりつつある夕侑は我慢がきかなくなった。

「はっきり教えてくれ。何が、どう、恥ずかしいのか」

情欲に浮かされているのは自分だけではない。獅旺の声もかすれている。

獅旺の指先が、勃ちあがった先端に触れた。

「ア っ……んぁ、それはっ――」

小さな孔を爪でえぐられて、痺れとともに口をひらいてしまう。

「獣毛が、好きで、……それで、そこに……すりつけて、したいって、ずっと思ってて」

「何?」

「けど、そんな恥ずかしいことしたいって、おかしなことだから……」

真っ赤になって、内腿をすりあわせる。

「言えなくて……、だから獅旺さんが獅子の姿で寝てるときに、すりよって……くっついて……」

消え入りそうな声で告白すると、凛々しい眉が持ちあがった。

「俺が寝てるときに、内緒で、俺の獣毛で自慰しようとしてたのか」

死にたい気持ちになり、言ってしまったことを後悔した。

「……はい。……そう、です、ごめんなさい」

さっきとは異なる罪悪感で一杯になり、肩を震わせる。

いささか感慨深げな声がした。

「そうか」

「いつの間に、そんなことになってたんだ。全然気づかなかったぞ」

そして夕侑をいきなり抱きしめる。

「俺の獣毛が好きだって?」

「はい」

「そうか」

ギュウッと強く背を抱くと、そのままシーツに倒れこんだ。

「じゃあ、どうしたかったのか、詳しく教えろ」

「えっ」

「やってみせろよ。獣化するぞ」

「え。そんな」

「もう隠しごとはなしだ」

「で、でも」

慌てる夕侑をおき去りに、獅旺はごろりと転がって夕侑を上にすると、素早く獅子に変化した。

それで夕侑が獅子をまたぐ恰好になった。

「し、獅旺さん」

大きな獣が腹を見せて自分の下にくる。そして「クァオ」と猫のように鳴いた。

「そんな」

焦っておりようとしたが、ぼわぼわした被毛が股間とその周りに心地よくあたり、つい動きをとめてしまった。

「……そんな」

気持ちいい。温かくてやわらかくて絶妙な感触だ。夕侑の肉茎はとたんに硬くなった。

「グルルゥ」

前足を持ちあげた獅子が、早くしろと催促する。

「呆れられる……かも」

けどその禁忌が胸を疼かせた。気持ちいいことをしたいと望むのは、自分ではなくオメガの性。そう言い訳して腰を前後に揺すってみる。すると被毛が、まるでうごめくように下肢をなでた。

「んァ……はぁ、……っ」

あっという間に快感にのまれ、腰がとまらなくなる。夕侑は獅子の腹に手をつくと、内腿から秘部までをはしたなくこすりつけた。

「あ、や、いいっ……」

初めて経験する、人間の肌とは違う感覚に快楽が倍増しになる。

「はぁ……はぁッ……あぁ……これ……っ」

夕侑は上体を前に倒して、性器を被毛に埋もれさせた。そうして前後に腰を振る。

「ぁ……ぁ……ああ、……い、いぃ……」

心地よさに酔いしれる表情を、獅子はじっと見てきた。羞恥に耐えられなくなり、今すぐにでも逃げ出したいと思うのに身体が言うことを聞かない。

「もぅ、ダメに、なる……」

ペニスがさわさわとなでられるたび、あり得ないほどの快感が背中を駆け抜ける。

「ハア……あ、ああッ……あぅ……ッ、んんッ」

こらえきれなくなって、すぐに際を越えてしまった。全身がわななき、肉茎の先端から濃い雫を吐き出す。それはいつもより勢いよく飛んで、相手の腹に白く散った。

「はぁ、はぁ……っ……」

あまりの衝撃に、ぱたりと獅子の腹に倒れこむ。たてがみに顔をくっつけて、荒い呼吸を繰り返していると、獅旺がヒトに戻って抱きしめてきた。

「満足か？」

耳元でささやかれ、コクコクとうなずく。恥ずかしさに顔があげられないでいると髪に何度もキスをされた。

「ひとりでする姿も可愛いかった」

言われて身を縮こめる。

思わず両足にも力が入り、相手の腰を挟んでしまうと獅旺が唸った。そして手が背骨を辿って下におりてくる。

「……あ」

中指が尻の狭間に滑りこみ、濡れ始めていた後孔にツプリと沈んだ。

「ぁ、んっ」

意地の悪い指は、奥まで進んでそこをかき回す。

「はぁ……んっ」

背をしならせて反応すると、さらに執拗にいじられた。

「フェロモンがだいぶ強くなってきた」

「ん……」

「もう挿れてもいいか」

「んぁ……はい……」

欲しがりなオメガ性が夕侑をそそのかす。甘い愉悦が、次第に思考を奪っていった。

「挿れて」

うわごとのようにささやけば、獅旺の瞳に獣が戻ってくる。口角をあげ魅惑的な笑みを見せると、両手で夕侑の尻を掴み左右に割りひらいた。

狭間に自身の硬い雄をぐいと押しあて、先端で挿入場所をグリグリと探る。

「……は……ッ」

獅旺は目を細め、同時に腰を持ちあげた。

「あ、ん――アッ」

太い角が濡れてやわらかくなった後孔にずぷりと命中する。

相手は両手を夕侑の腰に移し、動きを固定すると、さらに深部まで自身を沈ませた。

「は、ぁ……ぁ……ぁ……」

隘路《あいろ》を押しひらき、強引に入ってくる感触に、胸がゾクゾクする。激しい悦楽に抗おうと首を振るも、逃げ場はどこにもない。ただ、蜜のように甘く重い快感に囚われていくだけだ。

やがて獅旺は最奥までくると動きをとめて、身を起こした。そして胡座を組んで、夕侑をその上に乗せる。

片手で夕侑の顎を掴むと、下に引いて口をあけさせ、舌を強引に絡めた。

「……ん」

つながった場所がきゅんきゅんと疼く。限界まで広げられてつらいはずなのに、もっと刺激が欲しくなる。粘膜を絞るようにすれば、応えるようにキスが激しくなった。

「あ……」

獅旺が夕侑を上下に揺さぶる。すると動きにあわせて、ベッドが妖しく波打った。

「や、な、に……これ」

大ぶりな振動に驚いて、思わず相手の首にしがみつく。

「あ、あ……あ、ふぁ……」

未経験の快楽が下肢を襲う。水の入ったベッドのせいで、いつもより抽挿の幅が広がり、抜き差しが鋭く感じられた。下腹の内側が、どこかに持っていかれるような感覚だ。

「ヤあ、ダメ、こんな……すご……」

持ちあげられて落ちるたびに、肌のぶつかる刺激的な音があたりに響く。

「も、それ以上うごかないで、よすぎてつらいから」

「ああ、いいな」

夕侑の懇願に、獅旺が煽られて、さらに動きを激しくした。

「ダメ、だめ……ぁ、んぁ」

「喋ってると舌を噛むぞ」

「う、ううっ、……んぁ……」

涙を流してよがる夕侑に、獅旺も切羽つまった声を出す。

「俺もよすぎてつらい……もう限界だ……」

夕侑の弾む身体を支えながら、自分も快楽を追う。小刻みに突きあげられて、二度目の絶頂がやってきた。

「あぁ……っ」

夕侑が精を解放すると、その後を追うように獅旺が雄を震わせる。

相手の雫が身の内を打つ感触に、意識が遠のいた。

ぐらりと傾《かし》いだ身体を獅旺はそっと受けとめ、ふたり一緒にシーツへ倒れこんだ。

朦朧とする夕侑を、つながったまま抱きしめる。

「――夕侑」

快感の余韻中、獅旺が耳元で小さくささやいた。

「愛してる」

その言葉に導かれるように、満ち足りた夢の中へと連れていかれる。

僕も、と呟いたのは、相手に聞こえたかどうかわからなかった。

＊　＊　＊

数日間の嵐が去った後、早朝の静けさの中で目を覚ます。陽はまだ昇らず、部屋の中は薄蒼色に染まっていた。

すっきりした頭を巡らせ、大切な人を探すと、彼はこちらに背中を見せてベッドの端に腰かけていた。下着一枚で、何か考えごとでもしているのか少しうなだれている。

「……獅旺さん?」

広い背中に声をかければ、獅旺はゆっくりと振り返った。

「起きたか」

「はい」

夕侑は彼の隣まで移動した。

「もう発情は終わったようだな」

「ええ」

獅旺が大きな手で、くしゃりと夕侑の髪をかきまぜる。彼も目覚めてまだ時間がたっていないのか、瞳が少し眠たげだ。

そのやわらかな眼差しをこちらに向けて言った。

「あのな」

「はい」

伸びた黒髪を何度かすきながら呟く。

「コンビニのバイトは、辞めなくていいぞ」

「えっ」

目を見ひらくと、獅旺は「ああ、いや、そうじゃない」とすぐに打ち消す。

「え？」

どういうことかと首を傾げる夕侑に、獅旺は少し考え、言い直した。

「アルバイトを続けるも、辞めるも、お前の自由なんだ。俺が決めることじゃなかった。お前は自分が働きたい店で、好きなように働くべきなんだ」

「……」

「ということを、考えていた」

思いがけない心境の変化に驚くと、相手は少しバツの悪そうな顔をする。

「実はな」

夕侑の頭から手を離し、両手を膝の上で組む。それをもみながら告白した。

「数日前、コンビニの前で、虎とふたりきりで話をしたことがあっただろ」

「え、ええ」

確かにそんなことがあった。虎ノ介がゴミ袋を手に外に出て、獅旺と対峙したときのことだ。

「あのとき、奴と少し言い争いをしたんだ。お前が虎の裸を不可抗力で見てしまったとかの話の流れで」

「はい」

「それで、奴に言われたんだ。俺には、パワハラの気質があるって」

「ええっ」

虎ノ介はそんなことを言ったのか。

獅旺は俯いて額に手をあてた。

「それで俺はめちゃくちゃ落ちこんだ」

「そんな。獅旺さんはそんな気質なんかないです」

夕侑は獅旺の腕を掴んで訴えた。確かに俺様なところはあるけど、それをパワハラなどと。

「ああ。俺もそう思っていた。けれど、よく考えてみれば思いあたることはいくつもあるな、と」

獅旺が眉間に深く皺を刻む。

「そんな……」

「お前の気持ちを無視して、自分の都合でバイトを辞めろと命令したり、勝手に店を探してきてそこで働けと指示したり」

「でもそれは、僕のことを思ってあのお店を探してくれたんです」

「それ以外にも、いつも命令口調でお前に指示をして、自分の思うように動かして」

「そんなこと全然ないです」

「挙げ句、束縛のしすぎで、あんな大騒ぎを起こして」

自嘲の呟きに、夕侑は大きく頭《かぶり》を振った。

「束縛するのは運命の番だからあたり前です。獅旺さんはいつも優しくて、僕のために色々と考えてくれてました。だからそれをパワハラだなんて思ったことないです。あんまりです。僕、虎ノ介さんに抗議します」

必死に否定すると、獅旺が苦笑する。

「あまり俺を甘やかすな」

そして夕侑を抱きよせて、自分の膝の上に座らせた。

「甘やかしたいのは、俺のほうなのに」

両手で身体を包みこみながら、深くため息をつく。

「俺は、お前をうんと甘やかしたいし、頼りにもしてもらいたい。けれど度がすぎて、お前を縛りつけてしまっていた」

苦い笑顔でこぼす姿に、夕侑も自分の至らなさを反省した。

「僕のほうこそ、迷惑をかけたくなくてひとりでウジウジ悩んで、結局迷惑をかけてしまいました。あの騒ぎは、僕が無理をして、そのために引き起こしたんです。獅旺さんのせいじゃないです。本当にごめんなさい。これからは何でも隠さず相談するようにします」

心から謝ると、獅旺が淡く微笑む。

「そうか」

吐息と共に、さらに夕侑を強く抱きしめた。

「自立心の強いお前のことだから、何でも一所懸命にやってると思ってたが……俺とのことも、色々と気を張っていたんだな」

　言いながら髪にキスをひとつ落とす。

「もっと気軽に何でも頼ってくれよ。そうしてもっと甘えてくれ。アルファは、オメガを守るためにいるんだから」

「……獅旺さん」

　大きな手のひらが夕侑の髪をなでた。

「俺も、もっと広い心でお前を見守るようにする。お前の夢を、俺だって応援したいからな」

「……ありがとうございます」

「うん」

　素直な返事に、獅旺が満足げにうなずく。そして優しいキスをまた髪に落とした。心地よくて身を任せていると、やがて頭上で不思議そうな独り言がもらされる。

「どうしてこんなに好きなんだろう」

　頬を髪にすりつけて、少し切なげにささやいた。

「俺は、俺のことを懸命に愛そうとするお前のことが、愛おしくてしょうがないよ」

　思わず、こちらからも抱きついてしまう。

「……僕だって」

　顔をあげて、相手を見つめた。

「僕だって同じです。いつも大きな愛をくれる獅旺さんが大好きです」

あふれる気持ちのままに伝えると、獅旺が嬉しそうに目を細める。

夕侑も笑みを返せば、ふたりの間に朝日がさしてきた。淡い陽光が、ゆっくりと新しい一日を運んでくる。

その中で、微笑みのままに、何度も触れあうだけのキスを交わす。

明るくなり始めた部屋の中で、夕侑は限りない愛に抱かれ、唯一無二の幸せを噛みしめた。

＊　＊　＊

翌朝、夕侑はアルバイトの前に獅旺と共に虎ノ介のアパートに赴き、部屋を壊してしまったことを謝罪した。

獅旺は全て弁償すると言ったのだが、虎ノ介は肩をすくめて受け取りを拒否した。

「いいっすよ。どうせガラクタばっかりなんだし」

と言う虎ノ介に対し、獅旺も首を縦に振らなかった。

「いや。そういうわけにはいかない。それではこっちの気がすまない」

そう答えて引かない獅旺に、虎ノ介は「じゃあ配信機材の弁償だけをお願いしますか」と提案して、話しあいは解決した。

その後、コンビニに向かい、店長にアルバイトを続けたい旨を伝える。店長は喜んで、ぜひお願いしたいと言ってくれたのでこちらも丸く収まった。

「あの虎は、お前のことを自分の母親のように思っていたんだな」

店長との話が終わった後、大学へ登校する獅旺を見送りに駐車場まで出る。

「そうです」

さっき、話のついでにそんな話題が出たのだった。

「じゃあ、惚れたというわけじゃなくて、親しみを感じていただけってことか」

自分の誤解が解けて、獅旺が安心した顔になる。

「僕に、獅旺さんと幸せになって欲しいって言ってましたから」

「そうか」

ふたりで話していたら、虎ノ介も出勤してきた。相変わらずの派手な服装だ。

「じゃあ、俺は大学にいくからな」

「はい。いってらっしゃい」

リュックを担ぎ直した獅旺が離れていく。駐車場を横切る姿を見送っていたら、虎ノ介がそばにやってきた。

「仲直りできたんすね」

「そうです。虎ノ介さんのおかげです」

「そりゃよかった」

獅旺の後ろ姿をふたりで見つめる。

「あのですね、夕侑さん」

「はい」

虎ノ介は、コットンパンツのポケットに両手を突っこんで肩を揺らした。

「俺、この前、夕侑さんとあの獅子さんは、俺の両親みたいだって言ったじゃないすか」

「ええ、はい」

「あれ、訂正しときますわ」

「え？」

「夕侑さん達は、俺の両親とは違う」

「……」

「あなた達は、お互いが、相手のことちゃんと尊重しあってる。だからきっと、これからも俺の両親みたいになることはないと思いますよ」

「そうですか」

「うん」

虎ノ介が少し眩しげに、前を見ながらうなずく。

夕侑も歩道に出ていく獅旺に目をやった。

――お互いが、相手のことを尊重しあえる関係であれば、これからもずっと仲よくやっていける。

虎ノ介の言葉に、勇気をもらえた気がした。

獅旺のことは、まだつきあいだしたばかりで知らないことも多い。けれど、それはきっと相手も同じなんだろう。

お互いこれから、毎日少しずつ理解しあい、小さくても信頼を重ねていけば、いつか心の底から強い絆を持つ番になれるんじゃないか。

長い人生を、離れることなく、より添って歩んでいけるのではないだろうか。

そんな未来を想像すると、心も晴れやかになる。

太陽を浴びて、道路や街路樹がキラキラと輝いていた。

その中で獅旺が振り向き、かるく手をあげる。

夕侑も笑顔で、大きく手を振り返した。

【終】

獅子の心

《書き下ろし番外編》

六月上旬のある晴れた休日、獅旺は夕侑に頼まれて、買い物につきあうことになった。

「獅旺さん、あの、ちょっとお願いがあるんですけど」

と、頼まれたのは前日の夕食どきだ。

「実は、バイトのお給料が入ったんで、新しい服を買いにいこうと思ってるんです」

「ああ」

遠慮がちに切り出した夕侑はこう言った。

「けど、僕、お店で服を買うとか、ほとんどしたことがないので、どんな物を選んだらいいのかよくわからないんです。それで、よかったら、一緒に選んでもらえないかなって」

クローゼットの夕侑のスペースには、数えるほどの服しか入っていない。そのどれもが、施設時代に職員が一括購入して児童に配ったものか、バザーで買い求めた古着であることは聞いていた。

「構わない。今週末は予定もないしな」

そう答えると、夕侑は嬉しそうな顔をした。

「で、どこの店で買う?」

たずねた獅旺は、デパートやセレクトショップなどを思い浮かべたのだが、夕侑がいきたがったのは近場にあるファストショップだった。

当日、駅ビルに入った広い店舗の前にふたりで立つ。

どうやらこんなカジュアルな店でも、夕侑にとっては敷居が高いらしい。入店する前からちょっと緊張気味の恋人に、獅旺は微笑ましさを感じた。

「何を買うつもりなんだ?」

入り口で周囲を見渡す相手にたずねる。

「えっと、外出着一式です。人に会うときに恥ずかしくない服を」

「なるほど。じゃあ、あのあたりか」

獅旺が手近な棚を指し示した。

「そうですね」

商品の並んだ棚に歩いていき、積まれた服を一緒に見ていく。

「これ、いい色ですね」

「そうだな」

「あ。これもいい感じです」

「ああ」

「こっちも、流行りっぽい」

「うん」

「…………」

夕侑が急に黙りこむ。どうしたのかと思ったら、ボソリと小声でもらした。

「たくさんありすぎて、選べません」

真剣な顔で悩む相手に、獅旺は苦笑した。できることなら自分が棚の端から端まで全部買ってやりたいが、そういうわけにもいかない。

「試着してみたらどうだ？　それで似合いそうなのを選べばいい」

「ああ、そうですね」

そうしてまた棚の前でひと悩みした後、夕侑は数着の服を手に試着室へ向かった。

着がえが終われば、ドアを少しあけて獅旺に「これどうでしょうか」と確認を取る。どれを着ても可愛いからこっちだって簡単には選べない。それでもあれこれと話しあって、結局、白シャツに若草色のカーディガン、ボトムはクリーム色のパンツというシンプルで上品な組みあわせに決めた。

「これでいいんじゃないか」

「そうですね。じゃあ、これにします」

カゴを手にレジに向かい、ひとりで会計する夕侑を離れた場所から見守る。ショッパーを手に笑顔でこちらに戻ってくる姿は達成感で一杯だ。思わず獅旺にも笑みがこぼれた。

「無事に買えました」

「そうか。よかったな」

「はい」

夕侑が自分で袋を大切に抱えて、一緒に店を出る。そして次はケーキ屋にいくことにした。

「今日は、僕がケーキを買います。だから、獅旺さんは好きなものを選んでくださいね」

「ほお。太っ腹だな」

「はい。いつものお礼で、僕が支払いをしたいんです」

言いながら足取りかるくケーキ屋の自動ドアをくぐる。通い慣れた店で、夕侑はフルーツタルトを、獅旺はチーズケーキを注文した。

夕侑が会計をすませ、ケーキの入った紙箱は獅旺が受け取る。いつもと反対の役割分担に、本人は非常に満足したらしく、子供が初めてのお使いを遂げたかのように誇らしげでいた。

そしてその夜は、夕食後に紅茶を淹れて、獅旺は恋人に初めて奢ってもらったデザートをゆっくりと楽しんだ。

「今日は、ありがとうございました」

「ああ。俺も楽しかったよ」

タルトの苺にフォークを刺し、夕侑がはにかみながら言う。

「こうやって、ひとつずつ、自分のできることが増えていくのは嬉しいです」

「そうか」

「次は、ひとりでも買い物にいけるようになりたいです」

「うん。……そうか」

鷹揚に微笑むも、その言葉に内心いささか複雑になった。自立心旺盛な恋人の望みを叶えてやりたい気持ちはあるが、自分から離れていってしまうようで少々淋しくもある。もちろんそんな弱い気持ちは獅子に相応しくないので、おくびにも出さないが。

「なるべく獅旺さんのお世話にならないよう、頑張ってなんでも普通にこなせるようにしていきます」

などと言われれば、応援しないわけにはいかない。

獅旺は余裕の笑みでうなずいた。

＊　＊　＊

風呂をすませて一緒にベッドに入ると、夕侑はすぐに静かな寝息を立て始めた。張り切って歩き回ったので疲れたようだった。

獅旺は自分の腕の中で眠る恋人をじっと眺めた。ほんの少しひらいた唇に指先をあてて、そのやわらかさを確かめる。よほど眠りが深いのか、触っても起きる気配はなかった。

以前は獅子のことをあんなに怖がっていたのに、今は信頼しきって無防備に身をよせている。そんな姿に庇護欲と独占欲は募る一方だ。

こんなに愛おしい番を、自分はどうやって守っていけばいいのか。

獅旺に迷惑をかけないように、そして夢を叶えるためにと、日々前進したがる恋人を、この先どのように支えてやればいいのだろう。この焦れるような執着を隠したままで。

「……ん」

夕侑が小さく身じろいで寝返りを打つ。

瞼に引かれた二重の線を親指でそっとたどりながら、獅旺は闇の中、いつまでも考えに耽った。

＊　＊　＊

二週間後、獅旺はひとりで都心へと出かけた。

行き先は繁華街の中心にあるデジタル家電の直営店だった。

林檎のマークが目立つ店に入ると、店員から注文していた品を受け取る。

「こちらでございます」

カウンターにおかれたふたつの箱の中身を確認して、獅旺は満足げにうなずいた。

「うん、いいな」

「では、プレゼント用にお包みしますか」

「ひとつだけを」

「かしこまりました」

ふたつの箱には、それぞれ同じ形の腕時計型モバイルが入っていた。色は赤地で黒と金のライン入り。文字盤カバーも、バンドも特注品だ。

このモバイルは、スマホと連動させてメッセージを受信したり、体調管理をしたりすることができた。

これを夕侑に持たせればいつどこで発情《ヒート》になっても獅旺がそれを把握することが可能になる。しかも見た目はサニーマンが劇中で使用していた時計そっくりにデザインしてあった。これなら、いつも獅旺の高価なプレゼントを恐縮する夕侑も受け取らざるを得ないだろう。

相手の驚く顔が目に浮かんで、思わず口元が緩んだ。

「ありがとうございました」

商品の入ったショップの紙袋を受け取って、店を出る。

獅旺は青葉の輝く街路を、足取りかるく歩いていった。

ふたりをつなぐサニーマンの腕時計は、きっと夕侑を守ってくれる。そして離れていることに不安を覚える自分の気持ちも、少しは平安に保ってくれるはずだ。

夕侑の身体の一部始終——脈拍、体温に血圧、その他諸々、彼に関するデータのすべてが欲しいと本人に伝えたら、その執着ぶりに呆れられるかも知れない。けれど、これが自分の愛し方なのだ。

そうしていつか、この時計は夕侑の中に生まれるもうひとつの命も見守ることになる。

そんな未来を考えると、自然と笑みも浮かんできた。

幸せな明日を迎えるために、できる限りの手を尽くして守ってやりたい。

大切な運命の相手なのだから——。

獅旺は自分に課せられたアルファとしての責任と、明るい充足感を胸に、番の待つ家へと急いだ。

【終】

……入っている。その中に色とりどりのチョコが並

タ……ランス帰りのショコラティエが最近オープンした

というチョコレ……見た目の美しさで瞬く間に評判となり、連日行列が

絶えないと放送していた……

甘い物に目がない夕侑は、テレビに……になってショーケースに並ぶチョコを凝視した。一粒数百円のカラフルなチョコは自分には縁のないものだけど、死ぬまでに一粒くらいは食べてみたいなあ、などと思いながら。そのとき獅旺は横でノートPCを使ってレポートを書いていたのだが、興味のない様子でこちらはチラリとも見ていなかった気がする。なのに、このお店のチョコを買ってきてくれるなんて。なんて幸運な偶然なんだろう。

「僕、このお店のチョコレートを一生に一度でいいから食べてみたいと思ってたんです」

艶々と輝く菓子を眺めながら呟いて、夕侑はふと、本当に偶然だったのだろうかと考えた。

顔をあげれば、獅旺は靴を脱いで廊下の先に向かっている。

「腹が減ったな。着がえたら夕食の準備手伝うぞ」

「あ、はい」

もしかしたら、獅旺はあのときちゃんとこちらの様子を見ていて、わざわざこの店まで出向いてくれたのかも知れない。

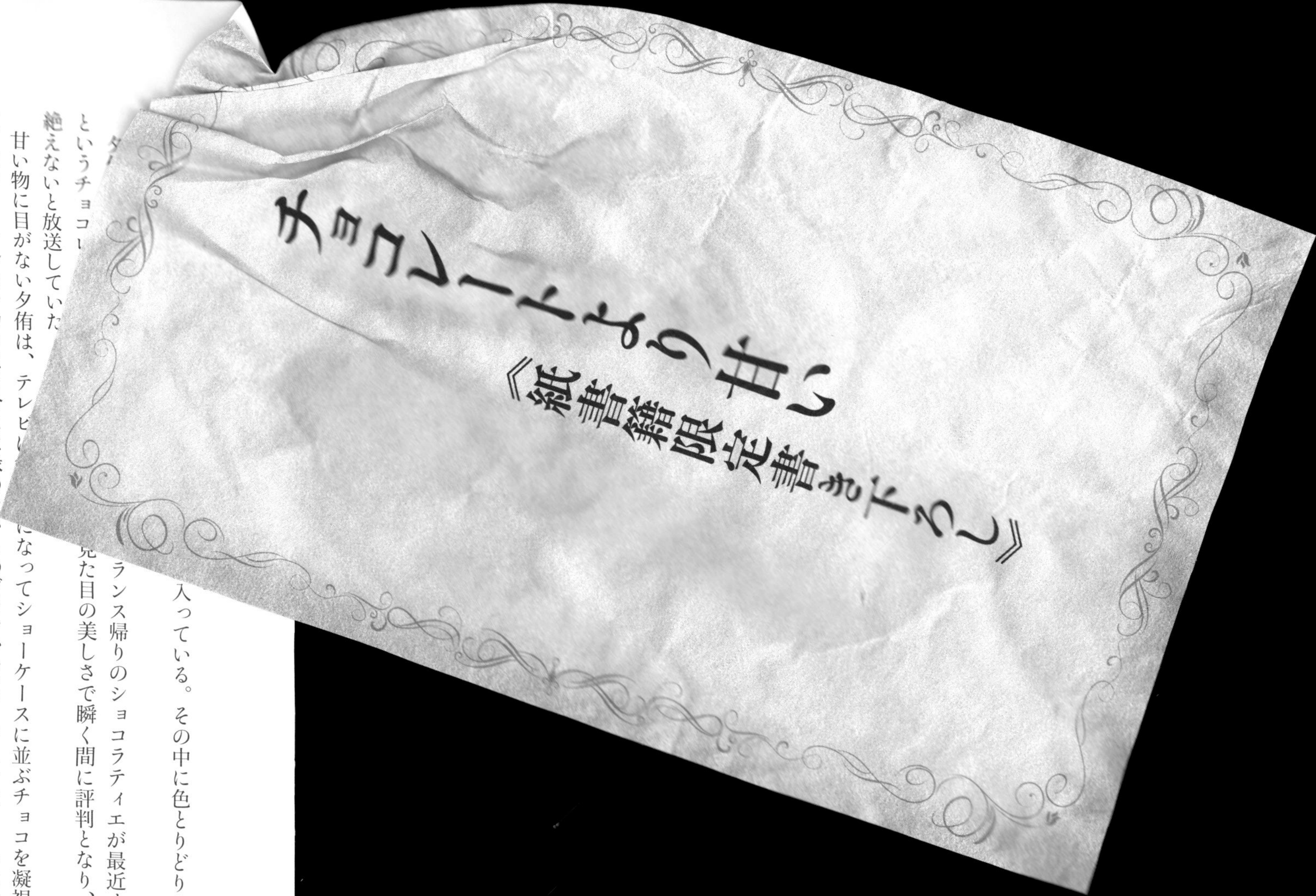

素っ気なくとも、優しいところがたくさんある人だから。
そう思うと、急に胸がドキドキしてきて、夕侑は先をいく恋人の後ろ姿を急いで追いかけた。

【終】

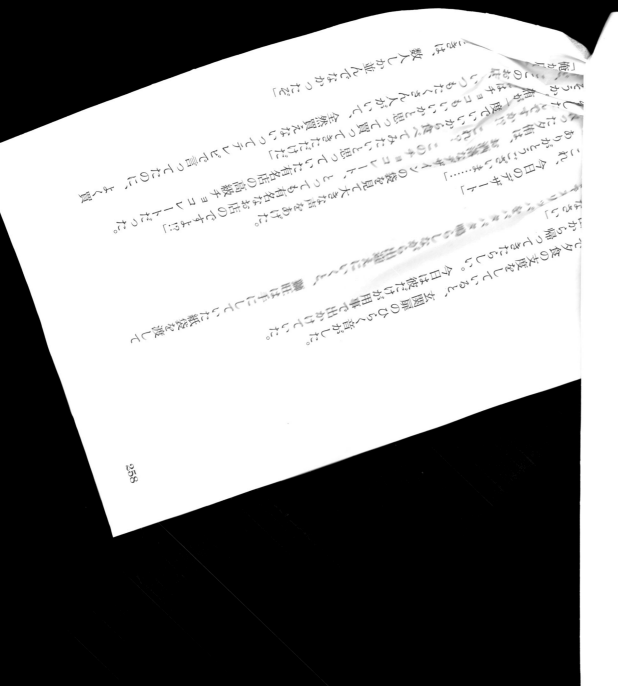

あとがき

このたびは『偏愛獅子と、蜜檻のオメガⅡ～獣人御曹司は運命の番に執心する～』をお手に取っていただき、ありがとうございます。

続編であるⅡ巻を出せたのも、応援してくださった皆様のおかげです。本当に感謝の気持ちで一杯です。

今作は、Ⅰ巻で無事に番《つがい》となった夕侑と獅旺の新生活を中心に、新キャラを加えて、つきあい始めたばかりの恋人が陥りがちな『互いのことが好きすぎて起きるすれ違い』をテーマに書きました。ふたりが紆余曲折を経て、甘々なハッピーエンドに辿り着くまでの過程を楽しんでもらえたら嬉しいです。

今回もイラストは北沢きょう先生に描いていただきました。艶《つや》めいた口絵から、ほのぼのした食事シーンまで、どれも素敵で感謝感激です。

そして、担当様をはじめ、この本の制作にあたりお世話になったすべての方に心からお礼を申しあげます。

これからも読んでくださる方に少しでも楽しんでもらえるよう努力していきたいです。

本当に、ありがとうございました。

伽野せり

エクレア文庫をお買い上げいただきありがとうございます。
作品へのご意見・ご感想は右下のQRコードよりお送りくださいませ。
ファンレターにつきましては以下までお願いいたします。

〒162-0822
東京都新宿区下宮比町2-26 KDX飯田橋ビル 5階
株式会社MUGENUP エクレア文庫編集部 気付
「伽野せり先生」／「北沢きょう先生」

エクレア文庫

偏愛獅子と、蜜檻のオメガⅡ
～獣人御曹司は運命の番に執心する～

2022年8月3日　第1刷発行

著者：伽野せり
イラスト：北沢きょう

発行人　**伊藤勝悟**
発行所　**株式会社MUGENUP**
〒162-0822 東京都新宿区下宮比町2-26 KDX飯田橋ビル 5階
TEL：03-6265-0808（代表）　FAX：050-3488-9054
発売所　**株式会社星雲社（共同出版社・流通責任出版社）**
〒112-0005 東京都文京区水道1-3-30
TEL：03-3868-3275　FAX：03-3868-6588
印刷所　**株式会社暁印刷**

カバーデザイン◉spoon design（勅使川原克典）
本文デザイン◉五十嵐好明

Printed in Japan
ISBN 978-4-434-30658-7